新装版

高砂《たかさご》

なくて七癖あって四十八癖

宇江佐真理

目次

夫婦《めおと》茶碗

一

日本橋堀留町《にほんばしほりどめちょう》は、その名の通り、日本橋川から流れる堀が途中で堰《せ》き止められている場所である。近くには魚河岸《うおがし》や米河岸もあるので、舟運《しゅううん》のための舟が澱《よど》んだ堀に何艘《そう》も舫《もや》われていた。

堀留町の北側の通りは常盤橋御門《ときわばしごもん》から両国広小路《りょうごくひろこうじ》へと続く目抜《めぬ》き通りで、様々な商売の問屋が軒《のき》を連《つら》ね、江戸の問屋街を形成している。日中は往来する人々が引きも切らない。

それに比べて堀留町の通りは道を一本隔《へだ》てているだけなのに、どことなくひっそりとしていた。その堀留町の一郭《いっかく》に会所《かいしょ》があり、十年ほど前から夫婦者が管理人として住んでいた。

江戸の町内には、町役人《ちょうやくにん》が詰める会所と呼ばれる建物があり、町役人は町内の住人を集めて奉行所などからの「町触《まちぶれ》」を伝達したり、人別《にんべつ》（戸籍）、道中手形など、住民が届ける書類を作成したりしていた。また、町内で訴訟が起きれば、話し合いの場として使われ、火事の時は、町火消《まちびけ》し連中の待機場所ともなった。被災した人々に炊《た》き出《だ》しのにぎりめしを配《くば》るのも会所の役目であることが多い。

会所は名主《なぬし》の役宅を兼ねる場合が多かったが、その会所に住む夫婦は、名主ではなかった。

又兵衛《またべえ》は以前、深川《ふかがわ》の蛤町《はまぐりちょう》に住んでいた。そこには長男夫婦と孫達が今も住んでいる。蛤町は又兵衛が仕事をする上で大層便利な場所であった。又兵衛は材木の仲買人《なかがいにん》を生業《なりわい》にしていた男である。しかし、長男の利兵衛《りへえ》に商売を譲《ゆず》って隠居すると、又兵衛は連れ合いのおいせとともに蛤町を出て、堀留町にやってきた。そのまま長男夫婦と一緒に住み続けていたら、親子関係が怪《あや》しくなりそうな気がした。いや、早い話、又兵衛は様々なしがらみから離れて、知らない町でのんびり余生を送りたかったのだ。

堀留町の会所に住む話は幼なじみの孫右衛門《まごえもん》が持ってきた。孫右衛門の実家も深川の蛤町にあった。又兵衛とは手習所《てならいどころ》も一緒に通った仲だ。孫右衛門は青物屋の次男だった。十二歳の時に大伝馬町《おおてんまちょう》の酢・醬油《しょうゆ》問屋「恵比寿屋《えびすや》」に奉公に出ている。どんなに仲がよくても離れて暮らす内に、つき合いは途絶えるものだが、二人の場合は違った。孫右衛門は藪入《やぶい》りで実家に戻った時、必ず又兵衛の家に顔を出した。また、又兵衛も所用で日本橋に出かけると恵比寿屋に顔を出し、醤油などを買い求めて深川に帰るのがもっぱらだった。親の葬儀には、お互い何を差し置いても駆《か》けつけた。

又兵衛にとって、本当に友人と呼べるのは、この孫右衛門ぐらいだったし、孫右衛門も又兵衛のことをそう思っていたはずだ。

一番番頭だった孫右衛門は恵比寿屋を退《の》いた後、町内の世話役に勧められて大伝馬町の裏店《うらだな》の大家となっていた。家主《いえぬし》の大家ではなく、店賃の徴収や店子《たなこ》達の世話を焼く管理人としての大家だった。差配《さはい》とも言う。孫右衛門の住まいも裏店の近くの仕舞屋《しもたや》である。

蛤町の家を出て、日本橋の近くに住みたいと又兵衛が孫右衛門に相談すると、孫右衛門は難色を示した。蛤町の家に匹敵するような住まいに心当たりがなかったからだ。

「いや、孫さん。おれとおいせの二人暮らしだから、さほど大きな家はいらないよ。裏店でもいいいんだよ」

又兵衛がそう言うと、まさか裏店という訳には行かないと、孫右衛門は苦笑した。あんたはよくても、おいせさんが可哀想《かわいそう》だという。

おいせの父親は生前米沢町《よねざわちょう》で町医者をしており、医業も繁昌《はんじょう》していたので、又兵衛の家よりはるかに大きく、瀟洒《しょうしゃ》だった。広い庭には築山《つきやま》、泉水《せんすい》を設《しつら》え、年代物の松の樹《き》の根方は緑の苔《こけ》で覆《おお》われ、何《な》んとも風情《ふぜい》があった。庭の隅《すみ》に建てられていた白壁の土蔵には医業に使う器具やびいどろの薬の瓶《びん》がびっしりと納められていた。患者の診療を行なう部屋と母屋《おもや》は渡り廊下で繋《つな》がっていた。母屋は住み込みの弟子達の部屋、女中部屋も含めると二十はあったのではないだろうか。そんな家に生まれた娘がまさか裏店住まいもできまいと孫右衛門は思っていた。

だが、又兵衛より五つ年下のおいせは「孫右衛門さん、あたし、本当に裏店でもいいのよ。これからは女中を置くつもりもないので、あたし一人で家の中のことをしなきゃならないの。大きな家なんてお掃除《そうじ》が大変だからごめんですよ」と、屈託なく言うのだった。

目尻に皺《しわ》が刻《きざ》まれ、髪もすっかり白くなったが、大きな二重瞼《ふたえまぶた》の眼はきらきらと光っているし、形のよい鼻の下の唇は桜色をして、大層可愛《かわい》らしい。ただひとつ難を言えば、がらがらしたその声だろう。その声のために先《せん》の亭主に疎《うと》まれたのだろうかと孫右衛門は思うこともあったが、それを口にしたことはなかった。又兵衛とおいせはお互い再婚同士だった。いや、又兵衛とおいせは、いとこの間柄でもあった。又兵衛の母親とおいせの父親はきょうだいだったのだ。

孫右衛門は、ちょうどその頃、堀留町の町名主から会所を引き受けてくれる適当な人物がいないだろうかと打診されていた。会所の中のひと部屋に寝泊まりすれば家賃は掛《か》からない。いや、それどころか、年に二両二分ほどの給金が出る。毎日の仕事は、いつ何刻《なんどき》、誰が訪れても見苦しくないように掃除をすることぐらいで、町役人も用事のある時以外は滅多《めった》に訪れないという。孫右衛門は裏店より何んぼかましだろうという感じで又兵衛にその話を勧めた。

江戸は南北両奉行所が取り締まりに当たっていたが、行政の実際は樽屋《たるや》、奈良《なら》屋《や》、喜多村《きたむら》の三氏の町年寄《まちどしより》に任《まか》されていた。町年寄はその下に家持《いえもち》、名主、家主、自身番を置き、町奉行の意を受けて行政を執《と》った。これらの人々を町役人と言い、奉行所の町方《まちかた》役人とは区別している。

本来、町名主の役宅を兼ねていた会所だが、江戸には町名主が二百六十三人もいた。

享保《きょうほう》七（一七二二）年、時の南町奉行大岡越前守《おおおかえちぜんのかみ》は町費節約の名目で名主が病《やまい》や老齢のために引退した場合、隣接の町の名主がその支配を引き受けるよう命じたが、名主連中は、それでは身分が不安定になると異を唱《とな》え、申し合わせて、一番から十七番までの組合を立ち上げた。後に組合は二十一番まで増えた。

また、名主の中にも格付けがあって、神君徳川家康《とくがわいえやす》公とともに江戸入りして名主となった「草分《くさわ》け名主」、草分け名主に次ぎ、古くから江戸にいた「古町《こちょう》名主」、代官支配から町奉行支配に移された新町（町並地）の「平《ひら》名主」、そして寺社門前《もんぜん》の「門前名主」などがあった。

組合を作ることで名主の身分は安定したが、時代の流れとともに、名主の役宅と会所が別になる場合も出てきた。又兵衛とおいせが管理する会所もその例であり、近藤平左《こんどうへいざ》という平名主が責任者だった。平左は滅多に会所を訪れなかった。平左が会所を他の名主に譲ろうとしなかった理由は名主としての見栄《みえ》と保身のためであるらしかった。

孫右衛門は、又兵衛が返事をする前に、平左に又兵衛のことを伝えた。元は深川の材木仲買人で、屋号は「伊豆屋《いずや》」。仲間内で「伊豆又」と呼ばれた辣腕《らつわん》の商人で、商売を息子に譲り、余生を送るために日本橋界隈《かいわい》に住まいを探しているのだと。

それは好都合と、平左はさほど躊躇《ちゆうちよ》することなく肯《うなず》いたという。内心では、誰でもよかったのではないかと、又兵衛はこの頃思うようになった。

又兵衛は、その話を断るつもりでいた。自分は、材木のことはわかるが、町役人の仕事には疎い。これからのんびりと暮らそうと思っていたところに、そんな責任の重い仕事を押しつけられても困る。熱心に勧める孫右衛門に又兵衛は渋《しぶ》い顔をするばかりだった。

「そんな難しい仕事じゃないと思うよ」

おいせがたまりかねて口を挟《はさ》んだ。

「おなごは黙っとれ」

又兵衛は声を荒らげた。だが、それに怯《ひる》むおいせではなかった。というより、貫禄《かんろく》はあるが、実は又兵衛が小心者であるということを、おいせはすっかり呑《の》み込んでいた。

「ご近所に何かあれば、今までだってお前さんは人より早く駆けつけていたじゃないの。夫婦喧嘩《げんか》の仲裁《ちゆうさい》も一度や二度じゃなかった。蛤町も堀留町も人の気持ちは同じですよ。その町にお世話になるのなら、お引き受けするのが人のため、世のためよ」

「いいこと言うねえ、おいせさん」

孫右衛門は感心して肯いた。六尺（約一八〇センチ）近い大男の又兵衛に対し、孫右衛門は小柄で痩《や》せた男である。おいせはからかったものである。昔はでこぼこ組と、おいせはからかったものである。おいせは子供の頃から孫右衛門を知っていた。又兵衛の家に遊びに行って、孫右衛門と顔を合わせる機会も多かったのだ。

孫右衛門の強い勧めに又兵衛はようやく折れたが、会所の管理人となった自分にこの先、どんなことが待ち構えているのかと考えると、何やら恐ろしいような気持ちになったものだ。

だが、おいせは楽しそうに引っ越し準備を始めていた。その様子は又兵衛と対照的だった。

この十年は何んとか滞《とどこお》りなく仕事を全《まっと》うできたと思う。その間に火事も何件か起きたし、町内から下手人《げしゅにん》も出た。その度《たび》に又兵衛は大きな身体《からだ》を揺さぶって町内を駆けずり回ったのである。町内の人々は「会所の又兵衛さん」と呼んで、今では大いに頼りにしていた。

二

又兵衛が蛤町の家を出たのはおいせのためもあった。

又兵衛は三度も女房を換《か》えた男で、おいせは四番目ということになる。最初の女房は又兵衛の母親と折り合いが悪かった。母親は気が強く、家の中をきっちりしなければ気が済まない女だった。又兵衛の女房が気が利《き》かないと、しょっちゅう言っていた。女房は女房で、姑《しゅうとめ》が意地悪だと又兵衛に縋《すが》りついて泣いた。又兵衛は若気《わかげ》の至りもあって、母親に従わない嫁なら離縁するしかないと考え、しかるべき物を持たせて去り状を出したのだ。

長男の利兵衛は最初の女房の子供である。

又兵衛の母親は男やもめになった又兵衛と初孫のために知人のつてを頼って二番目の女房を探してきた。ところが、その女房は母親に輪を掛けたような気の強い女で、自分は後添《のちぞ》えでも又兵衛の女房になったのだから、おっ姑《か》さんはいらぬ差し出口は挟まないでほしいと、又兵衛の母親を隠居部屋に押し込め、日中は茶の間に顔を出すことにもいい顔をしなかった。

あれは長男の利兵衛が木場《きば》で足の骨を折る怪我《けが》をした時のことだった。利兵衛が戸板で運ばれてくると、家の中はてんやわんやになった。女中に骨接《ほねつ》ぎ医者を呼びに行かせ、使っている男衆《おとこし》と利兵衛を寝間に運んだ時、ちょうど晩めしの時分だったので、又兵衛の母親が隠居部屋から出てきて、ごはんはまだかえ、と言った。

それを聞いた二番目の女房は、こんな時、とんでもないことを言い出す婆《ばば》ァだ、孫の怪我より、手前《てめ》ェのめしのほうが大事なのかと怒鳴《どな》った。心配して駆けつけてきた又兵衛の姉に二番目の女房は「義姉《ねえ》さん、こんな姑は家に置けないから、義姉さんの所へ引き取ってくれ」と、憎々《にくにく》しげに吐き捨てた。それには周《まわ》りにいた誰もが呆《あき》れた。

この女も離縁するよりほかはないと、利兵衛の怪我が回復した頃に去り状を渡した。二番目の女房はどうして自分が離縁されるのか理解できないらしく、家中に響く大声で又兵衛を詰《なじ》ったが、又兵衛は口を利く気も失《う》せていた。

三番目の女房は又兵衛の姉の知り合いだった。親が貧乏だったので、それなりに我慢強く、又兵衛の母親の話も親身に聞き、表向きはよい女房だった。今度こそ、うまくやれると又兵衛は確信した。三番目の女房との間に次男と長女が生まれた。だが、三番目の女房は自分の子と最初の女房との間に生まれた利兵衛を分け隔てするようになった。ちょうど反抗期を迎えた利兵衛が扱い難《にく》くなっていたのはわかるが、三度のめしのお菜《さい》にまで差をつけた。おまけにお仕置《しお》きと称して食事を与えないこともあったらしい。又兵衛は仕事が忙しく、しばらくそのことに気がつかなかった。

だが、ある夜、寄合で遅くなった又兵衛が勝手口から家に入ると、暗闇の中に人の気配がした。こそ泥が忍び込んだのかと最初は思ったが、そうではなかった。利兵衛がお櫃《ひつ》の冷やめしを貪《むさぼ》っていたのだ。

どうしてそんなことをするのか、との問いに利兵衛はぽろぽろ涙をこぼした。利兵衛は、腹違いとはいえ、弟と妹を可愛がっていた。何をしても悪いのは自分で、悪さをしたからおっ母《か》さんはおいらのめしを抜いたと言った。だけど、腹が減ってやり切れなかった。お父《と》っつぁん、後生《ごしよう》だ、見なかったことにしてくれと涙ながらに言った。

たまらなかった。自分は女房とうまくやれない質《たち》の男なのだと思った。利兵衛は又兵衛の跡取り息子である。その様子では、今に三番目の女房は利兵衛をどこぞに奉公へ出し、次男を跡取りに据《す》えるのではないかという気がした。

利兵衛が夜中に冷やめしを盗み喰いしていたことは内緒にしていたが、又兵衛が予想した通り、三番目の女房は「りっちゃんを育てるのは、あたしの手に余りますよ。お前さん、りっちゃんをよそに奉公に出して、そこの旦那に鍛《きた》え直していただきましょうよ。他人の家のごはんを食べれば、少しは性根《しょうね》が変わると思いますけどねえ」と言った。

「手前ェの家のめしも満足に喰えないのに、他人のめしとは畏《おそ》れ入る」

又兵衛は皮肉《ひにく》を言った。

「あら、おかしなことをおっしゃる。まるであたしがりっちゃんに何も食べさせていないみたいじゃないですか」

「違うのかい」

そう言うと、三番目の女房の顔に朱《しゅ》が差した。

「りっちゃんが何も食べていないと言ったのね。そりゃあ、お仕置きでごはん抜きのことは一度や二度ありましたけど」

「何がお仕置きだ。利兵衛が何をした」

怒気を孕《はら》んだ声で訊《き》くと、ここぞとばかり三番目の女房は箸《はし》の持ち方がなっていないだの、手習所の帰りに木戸番の店で買い喰いするだの、しょっちゅう洟《はな》を垂《た》らして汚《きたな》らしいだのと、利兵衛の悪口を並べ立てた。

「去《い》ね、お前のような女は去ね！」

又兵衛は大声を上げた。

「やはり、お前さんはそういう人ね。女房を二人も換えた男は定まらないと、うちのお父っつぁんもおっ母さんも言っていたけど、その通りだった。ええ、お望み通り、この家を出て行きますよ。でも、子供は置いて行きますよ。実家は孫を育てられるほど裕福じゃありませんからね」

その時、長女のおかつはまだ乳飲《ちの》み子で、次男の清兵衛《せいべえ》は五つだった。おまけに言うことを聞かない利兵衛がいる。三番目の女房はその内に又兵衛が詫《わ》びを入れてくるものと考えていたらしい。

又兵衛にその気はなかった。いや、その時、又兵衛は、もう女房は持つまいと、固く決心していたのだ。

女中がいるとはいえ、三人の子供の世話は大変だった。もの忘れが多くなった母親を叱咤激励《しったげきれい》して世話をさせていたが、又兵衛は疲労困憊《こんぱい》していた。あとどれほど辛抱《しんぼう》すれば子供に手が掛からなくなるのか。又兵衛はいつもそのことばかり考えていた。

そんな時においせが蛤町の家を訪ねてきた。

表向きは又兵衛の母親のご機嫌伺《うかが》いのようだったが、三番目の女房とも別れた又兵衛を心配していたのかも知れない。

仕事から戻ると、又兵衛の母親の部屋から賑《にぎ》やかな声が聞こえた。顔を出すと、おいせが満面の笑みで「又兵衛さん、ごきげんよう。どう？　お忙しい？」と訊いた。久しぶりに見るおいせはひと回り痩せたように感じられた。

「おいせちゃんはねえ、ご亭主と別れたそうなんだよ」

又兵衛の母親は気の毒そうに言った。

「そりゃまた、どうして。うまく行っていたんじゃなかったのかい」

「うちの人、女ができたの。それであたしが邪魔になったのよ。相手は小間物屋の後家だった。とんでもない醜女《しこめ》なの。だけど床上手《とこ》で、離れられないんだって。畜生、助平《すけべえ》！」

笑いながら話をしていたおいせだったが、仕舞いには腰を折って咽《むせ》び泣いた。

又兵衛の母親は「米沢町の家にいても落ち着かないから、しばらくこっちに泊まって貰《もら》おうかと思うんだよ」と言った。

「おいせちゃん、本当かい。おれ、子供のことで正直参っているんだ。手を貸してほしいのだよ」

又兵衛は藁《わら》にも縋る思いで言った。顔を上げたおいせは「いいの？　あたし、子供ができなかったから、子供の世話をするのが楽しみなのよ」と泣き笑いの表情で応《こた》えた。

「楽しみだなんて、こっちは地獄の苦しみだったよ。ねえ、おっ母さん」

「おいせちゃんがいてくれたら、鬼に金棒だよ」

又兵衛の母親も安心したように笑った。又兵衛は子供の頃からおいせを憎からず思っていたし、おいせも又兵衛を慕《した》っていたと思う。

それが祝言《しゅうげん》という話にならなかったのは、いとこ同士ということもあり、また、おいせの家と又兵衛の家では格式の違いもあったからだろう。

それから十五年の間、おいせは子供達の母親代わりを務めてくれた。下の娘も次男も実の母親の顔を覚えていない。おいせを本当の母親だと思っている。長男の利兵衛も従伯母《いとこおば》に当たるおいせには素直に従ってくれた。

その間に又兵衛の母親が病を得て亡くなると、おいせは又兵衛の女房として葬儀の用意を滞りなく調《ととの》えた。子供達も無事に成長し、長男は嫁を迎え、次男は材木問屋の養子に行き、娘も片づいた。もはや、この先、案ずることはないと思った矢先、おいせが実家に戻ると言い出した。

「だって、親父さんもお袋さんも亡くなり、実家と言っても兄夫婦と一緒じゃ肩身の狭い暮らしになるよ。それなら、この家にずっといておくれ」

又兵衛は諭《さと》すように言った。

「子供達を大きくしたし、あたしの役目は終わったから」

おいせは寂《さび》しそうに言った。

「これからは子供達のためじゃなく、おれのために傍《そば》にいてくれよ」

又兵衛は甘えるように言った。そういう言葉がおいせには素直に言えた。

又兵衛はおいせと暮らすようになって、ようやく本当の女房に巡り合えた気がしていたのだ。しかし、又兵衛は、おいせを女房とする人別の届けを出していなかった。二人は表向きは夫婦だが、内縁関係だった。

「りっちゃんがおゆりさんと話しているのを聞いてしまったのよ」

おいせは俯《うつむ》きがちになって言う。おゆりは利兵衛の女房の名前で、その時、十八になったばかりだった。深川の質屋の娘である。

仲人《なこうど》の勧めで二人は一緒になったのだが、存外に馬が合い、毎日をなかよく過ごしていた。

「二人はどんな話をしていたんだい」

又兵衛は怪訝《けげん》な表情で訊いた。

「おゆりさんがね、お舅《とう》さんとおっ姑《か》さんは本当のご夫婦じゃないのでしょうって」

おいせがそう言うと、つかの間、又兵衛は言葉に窮《きゆう》した。

「りっちゃんは母親代わりになって育ててくれた人だから、そんなこと、どうでもいいじゃないかと言ったけど、おゆりさんは納得していない様子だったの」

「何が納得できないのだ」

「つまり、舅《しゆうと》、姑の面倒を見るのは嫁のつとめだけど、そうじゃない人まで面倒は見られないと、おゆりさんは言いたいのよ」

「とんでもない嫁だ。がつんと言ってやる」

又兵衛は声を荒らげた。

「やめて」

おいせは慌《あわ》てて又兵衛の袖《そで》を掴《つか》んだ。

「おゆりさんの言うことも一理ありますよ。だからあたしは、この家を出て、どこかよそで暮らそうと思っているの。幸い、米沢町のお父っつぁんが亡くなった時、少しまとまったものをいただいているから、又兵衛さんは心配しなくていいよ」

「そういう訳には行かない。おいせちゃんとおれは、夫婦同然に暮らしてきたんだから」

又兵衛は顔を赤らめながら言った。人別においせを入れなかったのは、当時の又兵衛がおいせと男女の仲になるとは思ってもいなかったからだ。だが、一緒に暮らす内、自然に二人は寄り添うようになった。そういう間柄になっても、特に人別をちゃんとしようという話にはならなかった。仕事と子供の世話に忙しく、そんなことを考える暇もなかったせいもある。

「あたしも全然気にしていなかったのだけど、よそから来たおゆりさんには、やっぱりおかしく見えるものなのね」

「人別の手続きをするよ」

「今さら、いいのよ。りっちゃんも大人になってお嫁さんを迎えたのだし、後のことはおゆりさんに任せることにしましょうよ」

「それなら、おれも一緒に家を出る」

又兵衛は意気込んで言った。おいせは一瞬、呆気《あつけ》に取られたような顔になり、ついで笑い声を立てた。

「相変わらず、おばかさんね。そんなことをしてどうするのよ。又兵衛さんは伊豆屋の主《あるじ》よ。それこそ世間体が悪い」

「いや、利兵衛に商売を渡して、おれは隠居する。知らない町でのんびり暮らしたいと、前々から考えていたんだ。商売を抜きにすれば、おれは深川にあきあきしていたのさ」

「本気なの？」

おいせは真顔《まがお》になった。

「ああ、本気だ」

「嬉《うれ》しい。孫右衛門さんに住まいを探して貰って、さっさと引っ越ししましょうよ。もう深川とはおさらばよ」

おいせの眼はきらきらと輝いていた。

その話を利兵衛にすると、利兵衛はさして反対しなかった。おゆりのことがあるから、内心でほっとしていたのかも知れない。だが、又兵衛の娘のおかつは、義姉さんが二人を追い出したと嫌味を言った。おかつの気持ちがおいせには涙が出るほど嬉しかった。

そんな経緯《いきさつ》はあったが、堀留町の会所での暮らしが十年も経《た》つと、おゆりも子供を連れて堀留町へ遊びに来るようになった。あのまま蛤町の家に留《とど》まっていたら、おいせとおゆりの間は険悪となり、利兵衛は又兵衛の真似《まね》をしておゆりと離縁したかも知れなかった。

これでよかったと、おいせはつくづく思っていた。

三

うらうらと秋の陽射《ひざ》しが堀留町の通りに降り注いでいた。又兵衛は会所の前を竹箒《たけぼうき》でいつものように掃除していた。間口二間《けん》（約三・六メートル）の会所だが、中に入ると土間は広く、十畳ほどの板の間は中央に炉《ろ》が切ってある。そこには大振りの南部鉄瓶《なんぶてつびん》がいつもしゅんしゅんと湯をたぎらせていた。障子を隔てた六畳間が水屋になり、流しと水瓶《みずがめ》を設《しつら》え、壁際には古い根来塗《ねごろぬ》りの戸棚がふたつ並んでいた。中には大勢の客が来ても困らないように湯呑《ゆのみ》が大量に納められている。流しの上の棚にも大きな鍋釜が並んでいた。それも、いざという時のためである。その六畳間は又兵衛とおいせが寝泊まりする部屋でもあった。

板の間から梯子段《はしごだん》を上ると、畳敷きの部屋が二つあり、二つの部屋は襖《ふすま》で隔てられていたが、襖を開ければ大広間となる。

訴訟の時などは、訴える者と訴えられた者が別々の部屋に入り、仲を取り持つ名主なり、大家なりが二つの部屋を行き来して話を纏《まと》めることになっていた。

孫右衛門がやってきて、掃除をしている又兵衛に声を掛けた。

「お早《はよ》うさん。ご精が出るね」

孫右衛門はそう言ったが、浮かない表情をしていた。

「何かあったかね」

又兵衛はすぐに訊く。ええ、まあ、と孫右衛門は曖昧《あいまい》に応えた。往来でする話でもなさそうだ。又兵衛は竹箒を片づけると、孫右衛門を中へ促《うなが》した。

「あら、孫右衛門さん、お早うございます。本日はよいお天気ですね」

おいせがすぐに出て来て笑顔を見せた。

「ああ、外はよい天気だが、わたしの心は曇り空で、今しもひと雨降りそうですよ」

孫右衛門は冗談交じりに言う。

「相変わらず、おかしな人。さあ、まずお茶を一杯飲んでいただきましょうか」

おいせはいそいそと茶の用意を始めた。

「瓢簞長屋《ひょうたんながや》の義助《ぎすけ》の所は毎度夫婦喧嘩が絶えなかったんだが、女房のおなかが堪忍袋《かんにんぶくろ》の緒《お》を切らし、とうとう離縁すると言い出したんだよ。義助の姉やおなかの兄貴が出てきて説得したが、おなかは聞く耳を持たないのさ」

孫右衛門はおいせの淹《い》れた茶をひと口啜《すす》ってから言った。瓢簞長屋とは孫右衛門が面倒を見ている大伝馬町の裏店で、店子の義助は畳《たたみ》職人だった。毎朝、やはり大伝馬町にある畳屋「備後屋《びんごや》」へ出かけ、日がな一日働いていた。義助とおなかの間には上は十四歳から下は五歳まで、四人の子供がいた。

義助は腕のよい畳職人だが、酒好きで、晦日《みそか》に給金を貰うと、まっすぐ住まいに戻ったためしがなかった。さんざん居酒見世《いざかみせ》を梯子して、戻った時には僅《わず》かな銭しか残っていなかった。それでは暮らしてゆけないので、おなかは内職をしていたが、内職の手間賃など高が知れている。最近は毎月六百文の店賃も滞りがちとなっていた。おなかが文句を言うと暴れて手がつけられないので、近所の店子達も心配しているという。

「世間によくある話だけど、おなかさんにすればたまらないでしょうね」

おいせは気の毒そうに言った。

「どうせ、稼いだ給金は酒代に消えるんだから、一緒に暮らす意味がないとおなかは言うんだよ。もっともだからわたしも離縁するなとは言えないのさ」

孫右衛門は苦《にが》り切って言う。

「そのおなかって女房は亭主に晩酌させないのかい？　家で飲むだけなら、さほど困ることにはならないだろうが」

又兵衛は義助が外で飲み歩く理由がわからない様子だった。

「おなかは義助が仕事から戻ると、ちゃんと晩めしに酒を一本つけているよ。だが、足りないんだなあ。寝るまで飲んで、酒瓶が空になると、味醂《みりん》にまで手をつけるそうだ」

「それ、全く酒の病よ。酒なしでは一日も暮らせないのよ。飲み屋さんは商売だから、もう飲むなとは言わないので、義助さんは調子に乗って飲んでしまうのよ。こうなったら、別れたほうがおなかさんのためね」

おいせはにべもなく言った。

「そうは言っても、夫婦別れしたら、子供達はてて、なし子になる。可哀想じゃないか」

又兵衛は義助の肩を持つ言い方をする。

「だって、酒喰らいで、お金を入れないてて親なんて、てて親じゃないよ。この世は何事もお金が掛かるのよ。子供が四人もいて、そんなこともわからないのかしら」

おいせの口ぶりは次第にぷりぷりしてくる。

「二人の姉や兄は何んと言っているんだい？」

又兵衛は孫右衛門に訊いた。

「おなかが我慢できないなら、離縁するのも仕方がないだろうってさ」

「で、実際問題、離縁したら暮らしはどうなるのかね。いや、義助はともかく、おなかと子供達の暮らしのことだよ」

「長男も備後屋で畳職人の修業を始めるようだし、酒代が掛からなきゃ、何んとか食べて行けるって話だ」

「それじゃ、離縁するしかない訳だ」

「そういうこと」

孫右衛門は、ぶっきらぼうに相槌《あいづち》を打った。

「離縁しても、その義助って男は眼を覚《さ》ましてお酒をやめないでしょうね」

おいせは低い声で言った。

「仕事をする気も失せて、その内に野垂《のた》れ死《じ》にだな」

孫右衛門は義助の最期を予想するかのように言う。

「離縁する前に義助と女房子供を離して、様子を見るのはどうだい」

又兵衛は、ふと思いついたように言った。

「離すって、どこに」

「ここの二階に部屋があるから、しばらく泊まって貰ってもいいよ。亭主が暴れるから女房子供を一時避難させていると言えば、会所を使う理由にもなる」

「だけど、ここは堀留町で大伝馬町じゃない」

孫右衛門は慌てて制した。

「そこは大家の采配《さいはい》でどうにでもなるだろう。名主の近藤さんは、任せると応えるはずだ」

「だけど、五人も押し寄せたんじゃ、おいせさんが大変だ」

孫右衛門はおいせを慮《おもんぱか》る。

「あら、あたし、おなかさんと子供達の面倒なんて見ないよ。宿を貸すだけよ。義助さんが仕事に出ている間は瓢箪長屋にいて、戻ってきて暴れ出したら、ここに泊まればいいのよ。そうよね、お前さん」

「そうそう」

「なるほど。それは名案かも知れない。逃げ場所があれば、おなかだって気が楽になるはずだ。さっそくおなかにその話をしよう。いや、又さん、おいせさん、ありがとう」

孫右衛門は夜が明けたような顔になって会所を出て行った。

「うまく行くかしらね」

おいせは孫右衛門の湯呑を片づけながら訊いた。

「さあ」

又兵衛は気のない返事をする。

「離縁するのは、人それぞれに事情があるものね。あたしは簡単に亭主の家を出てしまったけど、時間を掛ければ済んだ話とも思えるのよ。今だから言えることだけど。お前さんだって、そうでしょう?」

「ああ。だが、その時はそれしかないと思い詰めてしまったんだよ」

「若さかしら」

「そうかも知れない」

「あたしはこの年になったし、今さらお前さんと別れる気はないけれど、それができるってことは、まだまだ元気があるってことね」

「そうそう。離縁できるのも若い内だ。年寄りになったら、そう考えるのも面倒臭い」

「面倒臭いから我慢してあたしといるの？」

おいせは悪戯《いたずら》っぽい表情で訊く。

「そんなことはない。おいせとおれは縁があったのさ。だから一緒になれたんだよ」

「ありがと。お前さんも五十を過ぎて、ようやく素直になったこと」

「何言いやがる」

「さて、今晩、おなかさんと子供達はやって来るかしら。ああ、楽しみ。誰もいなくなって途方に暮れたような義助さんの顔が見たい」

「お前も存外、人の悪いおなごだ」

「どう致しまして。あたしは女ですからね、何かもめ事があれば、どうしたって女の味方をしちまいますよ」

「飲まなきゃいられない男の気持ちはどうなる」

又兵衛がそう言うと、おいせは眼をしばたたいた。少し思案する表情になったが、やがて「そっちはお前さんにお任せしますよ」と応える。又兵衛はやり切れないため息をついた。

四

暮六《くれむ》つ（午後六時頃）の鐘が鳴ると、又兵衛は大戸を閉《た》てたが、おなかと子供達がやってきても困らないように大戸に取り付けてあるくぐり戸のさるは外しておいた。

晩めしを食べ終えても誰も訪れる様子がなかった。今夜のところは無事に済んだのだろうかと思い始めた時、外から下駄《げた》の音と子供の泣き声が聞こえた。

「もし、会所の又兵衛さん。お頼み申します」

声変わりしたばかりの少年の声が、すぐに続いた。又兵衛はおいせと顔を見合わせた。

「くぐり戸は開いてるよう」

又兵衛は、よっこらしょと腰を上げながら、大声で応えた。板の間に出て行くと、子供四人とおなかが気後《きおく》れしたような顔で土間に突っ立っていた。子供は一番上と、一番下が男で、中の二人は女だった。

「義助に例の悪い癖《くせ》が出たようだね」

又兵衛が悪戯っぽい顔で言うと、三十がらみのおなかは「お恥ずかしい限りでございます。大家さんと会所の又兵衛さんのご厚意に甘えて、今夜のお宿を拝借したいと存じます」と、裏店住まいの女房にしては丁寧《ていねい》な挨拶《あいさつ》をした。

「いいともさ。ささ、上がりなさい。二階に部屋がある。蒲団《ふとん》も用意しているから、後はそっちで勝手にやってくれ。おれと婆さんは年だから、十分な世話ができないが、そこは勘弁しておくれ」

「とんでもない。安心して眠れるだけで、あたしら大助かりなんですよ。ねえ」

おなかは子供達に相槌を求める。子供達は表情のない顔で小さく肯いた。

「晩めしは喰ったのかね」

「ええ。うちはいつも早めに済ませるんです。ぐずぐずしていたら、酔っぱらったうちの人が暴れ出して、食べはぐれてしまうものですから」

「そうかい。そいじゃ、二階で寛《くつろ》いでくれ。行灯《あんどん》は点《つ》けているが、寝る時は必ず消しておくれよ。厠《かわや》はここの突き当たりだ」

「わかりました」

おなかは子供達を促して、遠慮がちに二階へ上がって行った。それから、ごそごそと蒲団を敷く物音が聞こえ、厠を使うために梯子段を下りる音もしたが、小《こ》半刻《はんとき》（約三十分）もすると二階は静かになった。

「子供達は寝たようね」

おいせは茶を啜《すす》りながら、ぽつりと呟《つぶや》いた。

「ああ、そうらしい」

「義助さんはどうしているのかしら」

「おおかた、ここはおれんちだ、文句のある奴は出て行けと大口を叩《たた》いたんだろう。いつもはじっと我慢していたかみさんと子供達も、今夜ばかりは違った。さっさと塒《ねぐら》をおん出た。義助はさぞ驚いていることだろうよ」

「ここのことは、義助さんは知らないのね」

「知らないはずだ」

「ああ、よかった」

おいせは、ほっとしたように笑顔を見せた。

しばらくすると梯子段を下りてくる足音がして、おなかが又兵衛の部屋の前で膝《ひざ》を突き「又兵衛さん、お内儀《かみ》さん、それではこれで休ませていただきます」と言った。又兵衛は障子を開け、子供達は寝たのかい、と訊いた。

「ええ」

「大人が寝るには、ちょいと早い。よかったら中へ入らないかい」

「よろしいんですか。お二人ともお休みになるところじゃなかったんですか」

「おれも婆さんも宵《よい》っ張《ぱ》りの口だよ」

又兵衛が冗談を言うと、おなかは口許《くちもと》に掌《て》を当ててくすりと笑った。

「どうぞ、どうぞ」

おいせもがらがら声で気さくに招《しょう》じ入れる。おいせはすぐに急須《きゅうす》を引き寄せた。

「お内儀さん、お構いなく」

おなかは慌てて制する。

「あたしもちょうどお茶が飲みたかったんですよ」

「畏れ入ります」

おなかは恐縮して首を縮《ちぢ》めた。所帯やつれしているが、おなかは存外色白で整った顔立ちをしていた。娘時代はさぞ可愛らしかっただろうと又兵衛は思った。

「立ち入ったことを訊くが、義助は昔から大酒飲みだったのかい」

又兵衛は言わずにはいられなかった。おいせは「お前さん、およしなさいよ。おなかさんが可哀想ですよ」と言った。

「いいんです、お内儀さん。又兵衛さんのご心配はもっともですから。うちの人と所帯を持った頃、うちの人はお酒なんて一滴も口にしませんでした」

「ほう。飲み出したのはいつからだね」

「二年ほど前からです」

「何か訳でもあったのかい」

「ええ……」

おなかはぎこちない表情で肯いた。義助は本来、真面目《まじめ》な男だったから、備後屋の親方にも目を掛けられていた。義助の仕事ぶりもその親方に仕込まれた通り、丁寧だった。

備後屋の親方には息子がいなかったので、同じ畳職人で義助より五つほど年が若い万吉《まんきち》という男が婿《むこ》に入った。万吉は若旦那という立場になると、どれほど忙しくても職人達と一緒に働こうとしなくなった。得意先を廻《まわ》り、注文を取ることばかりに没頭した。しかし、備後屋は職人の数がそれほど多くない。万吉が取ってくる注文に追いつかなくなった。無理だと義助が言えば、万吉は、あんたの仕事は丁寧だが、それじゃ今の時代に合わない、畳針を打つ間隔を広くすれば、もっと数を稼げる、と言った。義助は承服できなかった。それは親方のやり方を無視することだった。

だが、万吉のお蔭《かげ》で備後屋が以前より売り上げを伸ばしていることは事実なので、親方も万吉に対してうるさいことを言えなくなっていた。義助は情けなかったが万吉の言う通りにするよりほかはなかった。

そうして二年前、愛宕下《あたごした》の旗本屋敷から大掛かりな畳替えの注文があり、それは備後屋だけでなく、他の畳屋と一緒にすることとなった。とはいえ、備後屋が受け持ったのは三十畳の大広間で、仕事の中身は上吉《じょうきち》の部類だった。季節が師走《しわす》のせいもあり、その旗本屋敷は正月までに間に合わせてほしいと無理を言った。万吉も何が何んでも間に合わせろと職人達を鼓舞《こぶ》したが、仕事はその旗本屋敷の他にもあった。五人の職人だけでは手が足りなかった。切羽《せっぱ》詰まった万吉は備後屋より格下の畳屋へ仕事を半分振り分けた。それが失敗だった。大広間は上座と下座の間が素人《しろうと》でもわかるほど出来に差がついてしまった。皮肉なことに出来の悪いのが義助達のやった仕事だった。

もちろん、旗本屋敷は承知しなかった。手直しを命じた。万吉はそれをすべて義助のせいにしたのである。間に合わないのなら半分を下請けに出そうかと万吉が義助に訊いて、そうしていただけやすかい、と応えたのは義助である。言い訳は通用しなかった。

「うちの人、悔《くや》しかったんでしょうね。それから飲み出すようになったんですよ」

おなかは涙ぐんで言った。

「おれは義助の気持ちがわかるぞ」

又兵衛は力《りき》んだ声を上げた。

「だからって、女房子供に当たるのはどうかと思いますよ。仕事は仕事、家族は家族なんですから」

おいせは口を挟んだ。

「お前は黙っていろ!」

「だって、このままだったらどうしようもないじゃありませんか。備後屋の親方も親方よ。養子に遠慮しちゃってだらしがない。その内にご商売も危うくなりますよ」

「お内儀さんのおっしゃる通りですよ。うちの人はそこを一番心配しているのですよ。政吉《まさきち》を備後屋で、これから修業させたい考えもありますし。万一のことがあれば、親子ともども仕事をなくしちまうことになりますから。その前にあたしはうちの人と離縁して、政吉を別の畳屋に奉公させようと思ったんですよ」

政吉は長男の名前だった。おなかは、酒のことは別にして義助の気持ちはよくわかっているようだ。それが又兵衛には救いだった。

だが、この先、どうしたらよいのか、その時の又兵衛にはわからなかった。


一日目の夜はそうして過ぎた。二日目も晩めしの後でおなかが子供達を連れてやってくるのは同じだった。だが、三日目の夜、子供達が床に就《つ》き、おなかが又兵衛達の部屋で茶を飲みながら世間話をしている時、表戸を拳《こぶし》で激しく叩く音が聞こえた。

「やい、会所の爺《じじ》ィ、出てきやがれ！　嬶《かか》ァと餓鬼《がき》どもを隠しやがって、太《ふて》ェ野郎だ」

義助の甲走《かんばし》った声も聞こえた。おなかは、はっとして恐ろしそうにおいせに身を寄せた。

「大丈夫だよ。酔っ払いをいなすのは、うちの人はお手のものさ」

おいせは安心させるようにおなかの背中を撫《な》でた。

「おなかさん、怪我はさせるつもりはないが、少々手荒なことをするかも知れないが、いいかね」

又兵衛はおなかに念を押した。おなかが応えるより先に又兵衛は土間口に下り、油障子を開けた。義助の勢いがよかったので、中へ入った途端《とたん》に義助は土間へ、ばったりと転《ころ》んだ。

「何しやがる」

義助の着物の前がはだけて、色の悪い下帯が覗《のぞ》いた。

「何しやがるとは何んだ。お前が勝手にすっ転んだんだろうが」

又兵衛は義助を見下ろして言う。

「て、手前ェがいきなり開けたんじゃねェか。こ、こちとらの気持ちの用意ってもんがある」

義助は孫右衛門と同じように小柄な男だった。年はおなかより幾つか上に見える。

「ここを誰に聞いた」

「へん、嬶ァと餓鬼どもがこっそりここへ忍び込むのを見ていた奴がいるんだ」

「そいつはまた、お節介《せっかい》だなあ」

「うっせェ！　嬶ァと餓鬼どもを返せ」

「返してどうする」

「二度と舐《な》めた真似をしねェように、ぶん殴ってやる」

「それなら返す訳には行かないよ」

「爺ィはすっこんでろ！」

「お前に爺ィ呼ばわりされる覚えはない。おれはお前の爺ィじゃない。それにな、おなかさんはお前に愛想《あいそ》が尽《つ》きて離縁するそうだ。そりゃそうだ。ろくに稼ぎを入れない亭主なんざ、一緒にいたって苦労するばかりだ。おなかさんと子供達のことは、町内の世話役さんと相談して悪いようにはしないから、お前は安心しな」

「何んだとう。めしや弁当はどうするんだ」

「そんなことは知らないねェ。稼ぎを入れないくせにめしと弁当を持ち出すとは畏れ入る。いいか、めしも弁当も只《ただ》じゃないんだ。皆、銭がいることなんだぞ」

「何を今さら。今までちゃんと喰ってきたんだから、これからだって喰って行けるさ。お天道《てんとう》さんと米のめしはついて回るんだ」

どこまでも屁理屈《へりくつ》をこねる義助にさすがの又兵衛も腹が立った。

「義助、お前の所の暮らしは、もはやにっちもさっちも行かないんだ。瓢箪長屋の店賃はみつきも溜《た》まっているそうだよ」

「知るけェ」

「明日、大家さんと町役人を交えて離縁の手続きをする。お前とこれ以上、話をしても始まらない。帰れ！」

又兵衛は義助の後ろ襟《えり》を摑んで外に抛《ほう》り出そうとした。だが、義助も負けてはいなかった。足を踏ん張って抵抗する。

「おれの気持ちなんざ、何もわかっていねェくせに、勝手なことをするな」

「お前の気持ちだと？　わかっているさ。備後屋の親方に仕込まれた通りの仕事をしたいのに、娘の婿がそうはさせないんだろう？　それでやけになってお前は酒に溺《おぼ》れた。わかりやすい理屈だ。それも無理はなかろうと、お前は人から同情されたいんだろう。だが、そうは問屋が卸《おろ》さない。お前の仕事はお前のものだ。たとい、娘の婿に言われたことでも最後に責めを負うのはお前だ。酒に溺れるより先にどうして娘の婿に喰って掛からない。こんな店は辞めてやると、なぜ言えない。小僧の時からこの道ひとすじにやってきたお前だ。その腕があれば、どこの畳屋でも使ってくれる。え、そうじゃないのか」

又兵衛も興奮して声が震えていた。義助は抵抗する力をなくし、又兵衛に縋っておいおいと泣き出した。

「又兵衛さん、もうやめて。もう、いいですから。うちの人はちゃんとわかりましたから」

おなかは叱《しか》られた子供を庇《かば》うように取りなした。おなかの眼も濡《ぬ》れていた。意地を張っていた義助がだらしなく泣く姿が見ていられなかったのだろう。

「どうするつもりだね」

又兵衛はそんなおなかに訊いた。

「うちの人がこれほど苦しんでいるのなら、備後屋さんを辞めさせます。そうすればお酒を飲まなくてもいいでしょうから」

「そうは言っても酒はやめられないだろう。義助の酒は、もはや病の域だ」

「町医者の良庵《りょうあん》先生に相談して、よい方法を考えていただきます」

「そうかい」

又兵衛は低い声で応えた。

「あたしはうちの人と一緒に長屋へ帰ります。子供達はぐっすり眠っていますので、申し訳ありませんが、明日の朝まで寝かせて下さいまし」

「それはいいが……」

「義助さん、お水を飲んで酔いを覚まし、これからのことをおなかさんとじっくり話し合ってね。できる？」

おいせが口を挟んだ。

「へ、へい。なるべく酒はやめます」

義助は、最初とはうって変わり、殊勝《しゅしょう》に応える。

「なるべくは駄目。あんたの場合、一杯飲んだら元の木阿弥《もくあみ》だよ。きっぱりやめたほうがいいんだ」

「そんな……」

「それができないなら離縁だよ」

おいせは脅《おど》すように言う。

「離縁、離縁って簡単に言うない。世間様はそうそう離縁なんてするものか」

「おあいにく。あたしは一度離縁された女で、うちの人は三度も離縁しているのさ。離縁の玄人《くろうと》だよ」

「んなこと自慢になるけェ」

義助は皮肉な言葉を返した。だが、おなかにつき添われ、おとなしく会所を出て行った。

「うまく纏《まと》まるかしらねえ」

二人が帰ると、おいせはため息交じりに言った。

「さあねえ」

「離縁すると八割方覚悟を決めても、最後の最後にはころりと気持ちが変わることもあるのね」

「そりゃあ、四人も子供を拵《こしら》えた夫婦だからな。できれば離縁は避けようとするはずだ」

「あたしら、何んだったのかしら」

「辛抱が足りなかったのかねえ」

「違う。心の底から相手を好きじゃなかったのよ。好きだったら何んとかなるものよ」

おいせの言葉に又兵衛は黙った。好きだの嫌いだのだけで夫婦は続かないと思うからだ。

では、何が必要だったのか。それは齢《よわい》五十五になった又兵衛にもわからなかった。

五

義助は備後屋を辞めなかった。いや、辞めるつもりで親方に話をすると、引き留められたらしい。義助はその前に伊勢町《いせちよう》の町医者田崎《たざき》良庵の所に十日ほど泊まり込みで治療を受け、すっかり酒の気を抜いたという。幸《さいわ》い、今は酒の力を借りなくても過ごせるようになったようだ。

「いや、又さんとおいせさんのお蔭だ。ありがとよ」

秋も深まったある日、孫右衛門は堀留町の会所を訪れて礼を述べた。

「孫右衛門さん、お礼を言われるまでもありませんよ。会所に泊まったのはほんの三日ですもの」

おいせは埒《らち》もないという表情で応えた。

「又さんの説教が大層こたえたらしいよ」

孫右衛門は悪戯っぽい表情で言った。

「おれ、何を言ったかな」

「三度も離縁して、離縁の玄人だって言ったそうだね」

「あら、それ、あたしが言ったのよ。義助さんが離縁なんて簡単に言うなって凄《すご》むから、悔しくてね」

「義助は一度夫婦になったら、離縁なんてそうそうあるものじゃないと考えていたんだよ。だが、又さんとおいせさんの例があった。途端に怖くなったのさ。おなかさんがいなかったら、自分は何ひとつ手につかないということを知っていたんだよ」

「おれ達のお蔭で眼が覚めたってか？　こいつはいい。おいせ、おれ達の離縁が他人様《ひとさま》の役に立ったようだよ」

又兵衛は愉快そうに言った。本当にねえ、とおいせも嬉しそうに相槌を打った。

「しかし、備後屋の若旦那は、よくおとなしく引き下がったものだ。これからの義助は前のように丁寧な仕事をするのだろう？　大きな仕事が舞い込んだ時は手が足りなくなるのじゃないだろうか。全くあちら立てれば、こちらが立たずだな」

又兵衛は備後屋の今後を心配した。

「それがねえ……」

孫右衛門は言い難そうに顔を曇らせた。

「何かあったのかい」

「若旦那の万吉は備後屋を出て行ったそうだ」

「そりゃまた、どうして」

「ま、仕事の方針が義助と合わないせいもあろうが、これまで大口の注文を取りつけて儲《もう》かっていたから、遊びも派手になっていたのさ。料理茶屋の仲居をしていた女とよくなって、離れられなくなったらしい。親方の娘さんとの修羅場《しゅらば》もあったようだよ」

「じゃあ、そっちが離縁？」

おいせは驚いて眼を見開いた。

「ああ。もう人別から万吉を抜いたそうだよ」

孫右衛門はやり切れない吐息を洩《も》らした。

「何んだかなあ」

又兵衛もどうしていいのやらという表情だった。

「親方は備後屋を守るために万吉を婿に入れたんだが、それが仇《あだ》になったと言っていたよ。この先はいい人がいたら娘さんを嫁に出すそうだ。幸い、娘さんには子供もいないことだし、後添えの口は見つかるだろうってね。備後屋は自分の代で終わりでも構やしないとさ」

「義助さんが備後屋を潰《つぶ》すものか。政吉ちゃんもいることだし」

おいせは張り切った声で言う。

「そうだね。しかし、義助とおなかさんのごたごたが妙な結果になってしまったなあ」

又兵衛はしみじみした口調で言った。

「これも世の中よ」

「それもそうだが」

「わたしは備後屋の娘さんの後添えの口を探さなきゃならないのさ。ああ、忙しい」

孫右衛門はこうしてはいられないという顔で腰を上げた。

「ご苦労様」

おいせがねぎらいの言葉を掛けた。

「もうすぐ冬だねえ。年寄りには寒さがこたえるよ」

孫右衛門は寂しそうに言う。

「でも、冬は食べ物がおいしくなりますから、孫右衛門さん、その内に鍋でもしましょうよ」

「いいねえ。湯豆腐、寄せ鍋、軍鶏鍋《シャモ》、どれも好物だ」

孫右衛門は涎《よだれ》を垂らしそうな表情で帰って行った。

「さて、あたしは夕ごはんの買い物をして来ますよ。お留守番お願いしていい？」

おいせは前垂れを外しながら訊く。ああ、いいともさ、と又兵衛は応えた。

一人になった又兵衛は板の間の炉に炭を足した。炉の縁《ふち》に孫右衛門が使った湯呑と、おいせと又兵衛の夫婦《めおと》茶碗が置いたままになっていた。夫婦茶碗は堀留町の会所へ越してきた時、孫右衛門の女房が贈ってくれたものだ。

孫右衛門の女房のお春《はる》は、もちろん、又兵衛とおいせの事情を呑み込んでいる。

せめて堀留町では、普通の夫婦らしく暮らしてほしいと思ったのだろう。お春の気持ちがありがたいと又兵衛は思った。志野焼《しのやき》の夫婦茶碗は何年使っても飽きがこない。掌《て》に持った感じもふくよかでよかった。

これを使う又兵衛とおいせは誰が見ても仲のよい夫婦だ。だが、人別には未《いま》だにおいせの名前は入れていなかった。

おいせの父親から譲られたものが、現金だけでなく、両国広小路に近い土地も含まれていたからだ。そこからの地代金が時代の流れではかにならない額となっていた。おいせを又兵衛の人別に入れると、それらは自然に又兵衛の所有となり、万一の時は又兵衛の子供達の手に渡り、おいせの手許には残らない。又兵衛はそれを危惧《きぐ》して人別の手続きを取っていなかったのだ。

自分はおいせより早く死ぬだろう。後はおいせが決めたらいい。又兵衛はそう思っている。

志野焼の夫婦茶碗は又兵衛の思惑を別にして、ちんまりとそこにあった。表から射し込む秋の光が茶碗の表面を朱色掛かって見せる。

せめてこの茶碗は大事にしなければ。そう思いながら又兵衛は茶碗を流しに運び、丁寧に洗った。水瓶の水は胴震《どうぶる》いするほど冷たかった。堀留町の秋は深まる一方である。

参考書目『時代考証事典』（新人物往来社）稲垣史生著

ぼたん雪

一

江戸は師走《しわす》に入り、筑波《つくば》おろしの冷たい風が吹きつけていた。風は路上の埃《ほこり》を舞い上げるので、通り過ぎる棒手振《ぼてふ》りの魚売りや青物売りの顔は誰しも埃で真っ白になっていた。

ひゅうひゅうと鳴る風の音に交じり、外に出していた空き樽《だる》が転《ころ》がる音も聞こえた。

堀留町《ほりどめちょう》の会所にいる又兵衛は、囲炉裏《いろり》の五徳《ごとく》に載《の》っていた鉄瓶《てつびん》を脇に置いて、炭を足した。会所の板の間は広いので、囲炉裏の火だけでは十分に暖が取れない。綿入れの着物の上に、これまた綿のたっぷり入った半纏《はんてん》を重ねていても、どことなく背中がうすら寒かった。

又兵衛の綿入れ半纏を孫右衛門の女房のお春は「あたしらが着たら、まるでどてらですね」と笑う。

孫右衛門は又兵衛の子供の頃からの友人で、今は大伝馬町《おおてんまちょう》の瓢簞長屋《ひょうたんながや》と呼ばれる裏店《うらだな》の大家（差配《さはい》）をしていた。孫右衛門は師走に入って色々忙しいのか、近頃は滅多《めった》に顔を出していなかった。

「ほら、うちの人は身体《からだ》が大きいから、何《な》んにつけても生地《きじ》が掛かるんですよ。着物だって一反《たん》じゃ足りないんですから」

又兵衛の連れ合いのおいせは苦笑交じりに言う。又兵衛は六尺（約一八〇センチ）近い大男だった。実際、綿入れ半纏も袖口《そでぐち》と裾《すそ》をおいせが若い頃に着た着物で接《は》いである。身頃《みごろ》はねずみ色の地に紺《こん》色の縞《しま》だから、袖口と裾の紫色がやけに目立つ。

おいせは縫い物が得意の女なので、又兵衛が頼めば、たいていの物は拵《こしら》えてくれる。手拭《てぬぐ》いがたくさん集まった時は、それで浴衣《ゆかた》を拵えて貰《もら》ったこともある。手拭い浴衣の着心地は悪くなかった。他人から奇妙に見える綿入れ半纏も又兵衛は気に入っていた。

お春は庄内《しょうない》の親戚から送られてきた塩鮭《しおざけ》のお裾分けに訪れたのである。盛大に塩をした鮭は口がひん曲がりそうなほどしょっぱいが、お茶漬けには最高である。すぐに帰ろうとしたお春をおいせは引き留め、中へ招《しょう》じ入れた。久しぶりに茶を飲みながらお喋《しゃべ》りをする魂胆《こんたん》だった。娯楽の少ない女房達にとって、そうしてお喋りをすることは恰好《かっこう》の息抜きでもある。女同士がお喋りを始めると、男の又兵衛は口を挟《はさ》む余地がなくなる。黙って二人の話を聞いているほかなかった。

又兵衛が炭を足し、鉄瓶を五徳に戻すと、おいせは茶のお代わりを出すために袖口をくるんで鉄瓶を持ち上げ、急須《きゅうす》に湯を注いだ。

「あ、お前さん、お湯が少なくなったみたい。悪いけどお水も足して下さいな」

おいせは手持ち無沙汰《ぶさた》の又兵衛をこれ幸いと顎《あご》で使う。

「ああ」

低く応《こた》えて又兵衛は台所に鉄瓶を持って行った。その間も二人のお喋りは途切《とぎ》れない。

「おいせさんは堀江町《ほりえちょう》にいたおつるちゃんを覚えているかえ?」

お春は、ふと思い出したように言った。

「確か、大工の徳《とく》さんの娘さんでしたよね? 覚えていますよ。お武家さんの家にお輿《こし》入れして大した出世だと、この近所でも評判になっていましたもの」

おいせは訳知り顔で応える。

「そうそう。そのおつるちゃんですよ。兄さんがたまたまご公儀の表六尺《おもてろくしゃく》(貴人の駕籠《かご》舁《か》き)をしていた縁でおつるちゃんもお城のお半下《はした》(最下級の女中)に雇われたんですよ。そこでご公儀のお役人に見初《みそ》められ、めでたく祝言《しゅうげん》の運びとなりましたけどね」

「商家のご主人が無理をして娘さんを武家屋敷へ女中奉公に出す気持ちが、あれでようやくあたしもわかったのよ。やはり、縁談に箔《はく》がつくものなのねえ」

おいせは感心したように言う。だが、おつるの父親の徳次《とくじ》がそこまで考えていたとは、又兵衛は思わない。徳次は娘が武士の妻となっても今まで通り、仕事は続けているし、暮らしぶりもさして変わったようには見えなかった。

「でもねえ、この頃、どうもうまく行っていないようなんですよ。おつるちゃん、しょっちゅう実家に戻ってきていますもの。あたしとうちの人は他人事《ひとごと》ながら心配しているんですよ」

水を足した鉄瓶を五徳に戻すと、じゅッと水気の爆《は》ぜる音がした。

「孫さんは何んと言っているんだい」

又兵衛は気になって口を挟んだ。

「そ、そりゃあ、お武家の仕来《しきた》りは、職人の娘には辛《つら》いのだろうなあって言ってましたよ」

お春は少しとまどった表情で応えた。愛想のない又兵衛がお春は少々苦手だった。本当は二人の邪魔にならないように外へ出かければよいのだが、そうするには外の風が強過ぎた。

「しかし、嫁《とつ》ぎ先はおつるちゃんが徳さんの娘だってことを承知で嫁にほしいと言ったんだろう？　今さら仕来りがどうのと言ったところで始まらないだろうが」

又兵衛は怒気《どき》を孕《はら》んだ声で言った。お春はそんな又兵衛を恐ろしそうに見た。

「お前さん、お春さんに文句を言うのは筋違《すじちが》いですよ。お春さんはおつるちゃんを心配しているだけなんですから」

おいせはさり気なく又兵衛を制した。

「お春さんに文句をつけた覚えはないよ。おれは元々、こんな言い方しかできないんだ」

それでも又兵衛は吐き捨てるように応える。

「わかってますよ、又兵衛さん。おつるちゃんは子供の頃から明るくて、道で会えばきちんと挨拶《あいさつ》するいい娘さんでしたよ。お城にいた時だって、そつなくお仕事をしていたそうですよ。そんなおつるちゃんを見初めた横瀬《よこせ》様はお目が高いとあたしも思っておりましたよ。でもねえ……」

お春は顔を曇らせた。おつるの亭主の横瀬左金吾《さきんご》は幕府の御書院番《ごしょいんばん》を務めているという。御書院番は警護が主たる仕事だった。

「でも、何んだ」

又兵衛はお春の話を急《せ》かした。おいせが目顔で落ち着けと言っていたが、又兵衛は興奮が収まらなかった。

「おつるちゃんはきれいな娘だけど、よそのお武家様のお嬢さんのように茶の湯、生け花、お習字などのお稽古《けいこ》をしたことがないんですよ。台所仕事は母親のおすささんにきっちり仕込まれましたけどね。でも、台所仕事はお武家様なら女中さんがするじゃないですか。おつるちゃんの出番がないのじゃなかろうかと、あたしは考えているんですよ」

「役に立たない嫁は追い出すってか？」

「そこまで言ってませんけど、何んだか心配で」

「本当にねえ。心配ですよねえ」

おいせも気の毒そうに相槌《あいづち》を打った。

「おいせ、水屋の床が落ちていると言っていたな。ちょいと徳さんに相談してくるよ」

又兵衛は八幡黒《やわたぐろ》の襟巻《えりま》きを手に取って言う。

「また、お前さん。余計なことを徳さんに言うつもりじゃないでしょうね」

おいせは先回りして訊《き》く。

「何言いやがる。おれは仕事の相談をしてくるだけだ」

「会所は名主さんの掛かりになりますよ。その前に名主さんにひと言伝えたほうが……」

堀留町の会所は名主の近藤平左の持ち物で又兵衛は管理人でしかなかった。おいせは勝手に手直ししたと文句を言われるのを恐れていた。

「あのケチに言ったところで、すぐにあいよ、と腰を上げるものか。水屋を使っているのはおれ達だ。おれ達が不自由な所を手前《てめ》ェの金で直すのに遠慮がいるものか」

その金を出すのは誰だえ。おいせはそう言いたげだったが、黙って肯《うなず》いていた。財布はおいせが握っていて、又兵衛は、ほんの小遣《こづか》い程度しか持たされていないのだ。

会所の油障子を開けた途端、びゅうっと強い風に嬲《なぶ》られた。くそッ。又兵衛は悪態《あくたい》をついて埃っぽい道を堀江町へ向かって歩き出していた。

二

堀江町の徳次の家は平屋の一軒家である。古い家だが、大工の家らしくめぐらした塀《へい》には破れひとつなく、いつもきれいに手入れされていた。徳次は十二歳の時から大工の徒弟になり、手間取り大工を長いことした後で独立し、今では弟子を五人も抱える親方だった。子供は五人いて、長男の富松《とみまつ》は徳次の跡を継ぎ、次男の勇次《ゆうじ》は駕籠屋の奉公を経て幕府の表六尺に引き立てられた。それだけでも当時は大したものだと近所で評判になったものだ。勇次の下におりつ、おみの、おつるの三人の娘がいる。おりつとおみのも、すでによそへ片づいていた。

おつるは末娘だったので、徳次とおすさはことのほか可愛《かわい》がっていた。生まれた時から色白で、今小町《いまこまち》と呼ばれるほどの器量よしだった。表六尺の組頭は勇次に妹がいると知ると、ちょうど台所仕事をするお半下が足りなくなっていたので、勤めをする気はないだろうかと話を持ち掛けたという。

最初、徳次は難色を示した。大きな声では言えないが、公方《くぼう》様の眼に留まり、側室《そくしつ》にでもされることを恐れたのだろう。その意味では、徳次はまっとうな考えをする男だった。たとい相手が公方様でも娘を妾《めかけ》にして喜ぶような親ではなかった。

だが、十六歳だったおつるはその話に興味を示した。お城で働けるのは夢のようだと眼を輝かせた。徳次は引き留めたが、おつるの意志は固かった。まあ、嫁入り前にお城勤めをするのも後々、役に立つこともあるだろうと女房のおすさに諭《さと》され、渋々、承知したのである。お城に上がるために嫁入り仕度《じたく》ほどの金が掛かったと徳次は苦笑いして又兵衛に言っていた。

おつるの美貌《びぼう》は城内でも結構な評判となり、横瀬左金吾ばかりでなく、他の役人からも縁談が持ち込まれたという。左金吾の妻になりたいと言ったのもおつるである。左金吾の真面目《まじめ》な人柄におつるも前々から好感を抱いていたようだ。徳次は大工の娘が武士の妻になって大丈夫だろうかと心配していた。内心では自分の弟子の誰かと一緒にさせるつもりでもいたのだ。幾ら親戚になっても、おつるの嫁入り先に徳次やおすさが気軽に行ける訳もないからだ。

しかし、徳次の心配をよそに縁談は進み、めでたく祝言の運びとなった。白無《しろむ》垢《く》の花嫁衣裳に綿帽子のおつるは震えが来るほど美しかった。

おつるが嫁いで三年が経《た》った。まだ子ができる兆《きざ》しはない。左金吾は父親が早くに亡くなっているので、長く小普請組《こぶしんぐみ》に落とされていた。小普請組は閑職《かんしょく》で、役禄《やくろく》がつかず、家禄だけで生計を維持しなければならないので、武家といえども暮らしは大変だった。左金吾は剣術をよくし、学問にも秀《ひい》でた若者だった。人柄もよく、父親の親戚、友人が後ろ盾《だて》となり御書院番に推挙《すいきょ》されたのである。それもこのご時世では珍しいことだという。神田橋御門傍《かんだばしごもんそば》の三河町《みかわちょう》に屋敷があり、そこに左金吾の母親、台所の女中、中間《ちゅうげん》、下男を置いて、おつるは文字通り若奥様として何不自由のない暮らしをしているはずだった。

それがここへ来て、度々《たびたび》の里帰り。徳次でなくても心配するというものだ。

土間口の油障子をからからと開けると、徳次の女房のおすさが満面の笑みで又兵衛を迎えた。

「まあ、会所の又兵衛さん。お越しなさいまし」

「親方は仕事だろうか」

「いえいえ。このお天気ですから、仕事も様子を見ているんですよ。お前さん、会所の又兵衛さんですよ」

おすさは茶の間へ声を張り上げた。上がって貰っつくれ、塩辛声が聞こえた。

茶の間に上がると、徳次は山王権現《さんのうごんげん》の神棚を背にして、長火鉢の前で煙管《キセル》を使っていた。

又兵衛と同様、着物の上に綿入れ半纏を重ねて寒そうにしていた。

「お寛《くつろ》ぎのところお邪魔してあいすみません。寒くなりましたな」

又兵衛はそう言いながら徳次の傍に座った。

「全くだ。年を取ると暑さ寒さがこたえるわな。昔はこうじゃなかったんだが」

徳次は火鉢の縁《ふち》で煙管の雁首《がんくび》を打って灰を落とした。色黒のいかつい顔は器量よしで評判の娘と似ていない。おつるは母親似なのだろう。おすさも若い頃は大層可愛らしかったそうだ。今ではその片鱗《へんりん》を窺《うかが》わせないが。

「それはお互い様ですよ。だが、親方はおれより若いんですから、まだまだしっかりしなくちゃいけませんよ」

徳次は又兵衛より五つも年下である。ということはおいせと同い年だ。しかし、男と女の違いもあろうが、徳次のほうが老《ふ》けて見える。

「そうは言っても、さぶいもんはさぶいよ。で、こんな天気にやってくるなんざ、急ぎの用かい」

徳次はすぐに又兵衛の用件に触れる。

「つまらねェ仕事で申し訳ないが、水屋の床が落ちてしまっているんですよ。正月までに何んとか手直ししていただけますか」

「そいつァ、危ねェなあ。お内儀《かみ》さんがうっかり足でも挫《くじ》いたらてェへんだ。ようがす、明日にでも行きますよ。水屋の床ぐれェ、おれ一人で間に合うだろう」

「恩に着ますよ、親方」

又兵衛はほっと安心して笑った。おすさが盆に茶の入った湯呑《ゆのみ》を載せて現れた。

「又兵衛さんの所は、お正月に息子さんや娘さんがいらっしゃるんですか」

おすさは又兵衛に湯呑を差し出しながら訊く。

「元日は向こうも年始回りで忙しいですが、二日か三日には孫を連れてやってきますよ」

又兵衛はおすさにぺこりと頭を下げて湯呑を手に取った。熱い煎茶《せんちゃ》が大層うまく感じられた。

「お子達は確か三人でしたね」

「そうです。長男と次男と娘ですよ」

「下の娘さんがお内儀さんのお子さんでしたか」

「あ、いえ。おれとうちの奴の間には子供はできなかったんですよ。三人とも先《せん》の女房の子供ですよ。もっとも、長男は最初の女房の子で、次男と娘は三番目の女房の子です。二番目の女房との間に子供はできませんでした」

そう言うと、おすさは驚いたように眼をみはった。又兵衛がそれほど再婚を繰り返していたとは思ってもいなかったらしい。

「下らねェことを訊きやがって、又兵衛さんはしなくてもいい話をしなけりゃならねェ羽目《はめ》になったじゃねェか」

徳次はおすさを睨《にら》んだ。

「ごめんなさい。あたし、ちっとも知らなかったものですから」

おすさは申し訳ない顔で謝《あやま》った。

「いえ、もう済んだ話ですから。おれは女房を三人も換えた男なんですよ。いや、うちの奴で四人目か。まあ、話せば長くなりますがね、色々と込み入った事情があったんですよ。できればおれだって離縁せずに一人の女房と添い遂《と》げたかったですよ」

又兵衛はため息交じりに応えた。

「浮気が原因だったんですか」

おすさは無邪気に訊く。このやろう、いい加減にしねェか、徳次が声を荒らげた。

「いいんですよ、親方。おすささんが不思議に思うのも無理はありませんよ。でもね、おすささん。おれは浮気なんて一度もしたことがないんですよ。お袋とどうしてもうまく行かなかったり、また、三番目の女房なんざ、手前ェの子供と先の女房の子供を分け隔《へだ》てしたもんですから、おれも我慢がならなかったんですよ」

「苦労したんだなあ、又兵衛さん」

徳次はしみじみした口調で言った。

「まあ、うちの奴が三人の子供を大きくしてくれたんで、おれも何んとか今までやってこられたんですよ」

「時々、会所にやってくる娘さんとお内儀さんがあまり仲がいいので、あたし、継子《まこ》だなんてちっとも思わなかったんですよ」

おすさは感心した顔になった。

「娘は母親の顔を覚えていませんので、うちの奴を本当の母親だと思っています。倅達《せがれ》も、うちの奴の言うことはよく聞いてくれました。おれとうちの奴はいとこ同士なんで、普通の継母とは、そこら辺が違っていたんでしょうね」

「又兵衛さんも幼なじみのいとこと一緒になって、ようやく落ち着いたってことだな」

徳次は訳知り顔で言って、湯呑の茶を啜《すす》った。

「そうですね。うちの奴は女房のようで女房じゃなし、きょうだいとはもちろん違う。いとこってのは不思議なもんですよ」

「世の中だな」

徳次はそんなことを言う。

「まあねえ、うちのおつるもお武家さんの奥様になったはいいけれど、この先、どうなるんだか」

おすさは又兵衛の話を聞いて、途端に嫁に出した娘のことを思い出したようだ。先回りしておつるのことを話題にしなくてよかったと又兵衛は内心で思っていた。だが徳次は、よさねェか、とおすさを制した。

「何か困ったことでもあるんですか。おつるちゃんはお武家の奥様になって大した出世だと、近所でも評判になっていたじゃないですか」

又兵衛は、つっと膝《ひざ》を進めて徳次とおすさの顔を交互に見た。

「やっぱりよう、身の丈《たけ》に合った暮らしが一番なのよ。大工の娘がお武家に嫁ぐなんざ、どだい無理な話だったんだ。おれは反対したんだぜ。苦労するってな。だが、娘は頭に血が上っていたもんだから、大丈夫だと啖呵《たんか》を切りやがった。最初の内はよそゆきの着物を着てよ、しゃなりしゃなりと歩いて堀江町に来ていたわな。それが今じゃどうだ？　米はねェか、魚はねェか、銭の工面《くめん》をしてほしいのと、まるでたかりだ」

「………」

武家の暮らしもこのご時世では大変だと聞いてはいたが、まさかそこまでおつるの嫁ぎ先が困っているとは予想もしていなかった。

「横瀬様にはお姉様が一人おりまして、お奉行所の同心の家に嫁いでいらっしゃいます。ですが、嫁ぎ先のお家はどうも借財があるらしく、お姉様は毎月、横瀬様のお姑《しゅうとめ》さんから援助を受けているのですよ。奉行所の同心は三十俵二人扶持《ににんぶち》で、お武家と言っても暮らし向きは大変なのだそうですよ。そんなことは、おつるが嫁いだ後にわかったことなんですよ」

おすさは早口で事情を説明した。誰かに話さなければ気が収まらないという感じだった。

「それは困りましたなあ」

「向こうには年頃の娘さんが三人もおりまして、うちのおつるが輿入れした途端、そのお姉様は、おつるさんにはもう振袖は必要ないですから、お貸し願えませんかと言ったそうです。おつるはいやだとも言えず、言う通りにしましたが、いつまで経っても返してくれなかったんですよ。思い余って左金吾さんからお姉様に話をしていただくと、これが驚くじゃないですか、質屋に曲げて、すでに流れてしまったんですって。町人出のおつるをばかにしているんですよ」

「呆《あき》れた話ですな。おつるちゃんは、さぞ悔《くや》しかったことでしょうな」

「うちに来る度に泣いておりました。お姑さんは娘可愛さで何も文句は言わないそうです。今じゃお姉様は日中、横瀬様のお家に入り浸りだそうですって。うちの人は、もうそんな家に見切りをつけて戻ってこいと言うんですが、おつるは左金吾さんを慕《した》っておりますので、なかなか踏ん切りがつかないのですよ」

「おれァ、おかしいと前々から思っていたのよ。どだい、ご公儀の役人がおいそれと大工の娘を嫁にする訳がねェ。あすこの家はまともな武家の娘を嫁にできなかったんだ。親戚のお武家さんの家におつるを一旦、養女に出してよ、それから改めて祝言の話になったんだが、それなりの礼金を包まなきゃならなかった。又兵衛さん、十両も取られたんだぜ」

「まあ、それがお武家の仕来りなのでしょうが、そういうものは、普通、嫁の実家で用意するものでしょうか」

「わからねェ。銭が掛かると言われりゃ、こちとら出すしかなかったのよ。しかし、嫁に出した後も無心が続いて、おれ達はほとほと弱っているのよ。その内、おつるのために素寒貧《すかんぴん》になっちまわァ」

「その姉という人はおつるちゃんに必要な金も渡さないのですか」

「そいつもわからねェ」

徳次は力なく首を振った。

「しかし、おつるちゃんのご亭主は女房が困っているのに見て見ない振りをしているんですかね」

又兵衛も次第に腹が立ってきた。

「あすこは姑が悪いのよ。何んでも娘の言いなりだ。娘と孫娘の恰好《かっこう》を見れば、とても借金のある家とは思えねェぜ。苦労してるのはおつるだけよ」

「何んとかしなければおつるちゃんは倒れてしまいますよ」

「又兵衛さん、あたしが一番心配しているのはそれなんですよ」

おすさは力んだ声で口を挟んだ。又兵衛もおつるのことが大いに案じられたが、その時はどうしてやることもできないと思った。

とり敢《あ》えず、水屋の床の手直しを頼んで又兵衛は徳次の家を出た。師走の風がことのほか冷たく感じられた。

堀留町の会所に戻る途中、噂《うわさ》をすれば何んとやらで、又兵衛はおつると出くわした。

「おつるちゃん」

又兵衛は紫色の御高祖頭巾《おこそずきん》に風除《かぜよ》けの被布《ひふ》を羽織《はお》ったおつるに呼び掛けた。おつるの顔は寒さのせいばかりでもなく青ざめていた。

心労がおつるに重くのし掛かっているのだと思った。

「あ、会所の小父《おじ》さん。ごきげんよう」

おつるは無理に笑顔を拵《こしら》えて挨拶した。

「親方の家に行くところかい？」

「ええ、ちょっとお父《と》っつぁんとおっ母《か》さんの顔が見たくなって」

「そうかい。寒いから風邪を引くんじゃないよ」

「ありがとうございます。手土産《てみやげ》のお菓子でも買おうと思ったら、あたしったらぼんやりだから紙入れを忘れてしまって……」

そう言いながらおつるは上目遣いに又兵衛を見る。又兵衛は、つんと胸が硬くなった。遠回しに無心をしているつもりだろうかと思った。それだけでおつるの今の情況が察せられた。又兵衛は懐《ふところ》から小銭を出して、これで何か買いなさい、いや、返さなくていいから、と言っておつるに渡した。

おつるはとんでもないと一応は遠慮したが、すぐに「それじゃ、お言葉に甘えて」と受け取った。又兵衛はそのままおつるの傍から去ったが、気持ちは重かった。おつるは菓子なぞ買わないだろう。又兵衛が渡した金は無心の足しにするのだと思った。

金というのは厄介なものである。それがなければ人は生きて行けない。それゆえ、人々はあくせく金を稼ごうとするのだ。だが、あまりに金に固執《こしつ》する者を人はよく言わない。

又兵衛も子供の頃から両親に、金、金と言うものではないと戒《いまし》められた。世の中は金で回っていると知っていながら、実は金から眼を背《そむ》けているようなところが人にはある。

矛盾《むじゅん》だと又兵衛は思う。矛盾に満ちた世の中で又兵衛は五十五歳まで生きてきたのだ。

おいせと自分はもう年だから、さほど金はいらないと思っている。だが、若いおつるはこれから幾らでも金がいるだろう。亭主の左金吾がお上からいただく物を、すでに嫁いでいる小姑にあらかた取られるとなれば、なおさら切《せつ》ないはずだ。他人事ながら又兵衛はおつるが可哀想《かわいそう》でならなかった。

三

おいせにはおつると会って、小銭を渡した話は内緒にしていた。話せば、そんなことをしてもおつるちゃんのためになりませんよ、と言うはずである。だから黙っていた。

翌日、徳次は道具箱を担《かつ》いで会所を訪れ、手早く水屋の床を直してくれた。徳次は手間賃を受け取ろうとしなかったので、おいせは気を利かせて徳次の好きな酒を持たせることにした。

仕事を終えて囲炉裏の傍に座ると、徳次は決心を固めたような顔で「又兵衛さん、おれァ、おつるにもう家に来るなと言っちまいましたよ。うちの奴は何もそこまでとおつるを庇《かば》いやしたが、このままずるずると銭を出しても切りがありやせんからね」と言った。

「しかし、それじゃ、おつるちゃんの頼れる場所がないじゃないですか」

又兵衛は仕方がないと思いながらも、おつるの肩を持つ言い方をした。

「親方、おつるちゃんに無心をされていたんですか」

おいせは驚いた顔で口を挟んだ。

「そうなんですよ、お内儀さん」

徳次は情けない顔で応えた。

「あたしはまた、お武家の仕来りに苦労しているのかとばかり思っていましたよ。それで息抜きに親方の家に顔を出しているんじゃないかと」

「侍《さむれ》ェも町人も銭の苦労は同じでさァ。いや、むしろ侍ェのほうが体裁《ていさい》を考えるからてェへんですよ」

「町家のおかみさん達のように内職するって訳には行かないんでしょうね」

「そんなことをした日にゃ、外聞《がいぶん》が悪いってんで、こっぴどく小姑さんに叱《しか》られやすよ」

「切羽詰《せっぱつ》まったら、そんなことも言っていられないでしょうに」

おいせはため息交じりに言って、徳次に茶を出した。

「親方が横瀬様のお家に行って、ちょいと事情を訊くことはできませんか」

又兵衛は、いらいらしてそう言った。だが徳次は「おれァ、祝言以来、向こうには一度も行ったことがありやせんよ。向こうだって来てほしくねェでしょう。どだい、あすこの家の者はおれ達のような町人を最初っからばかにしているところがありやすからね。それに娘は嫁に出したんだ。後は向こうが何んとかすればいいのよ」と応えた。徳次は決心を固めて娘に見切りをつけたようだ。

「おつるちゃん、辛いでしょうね。実の親にも見放されて……」

おいせもおつるに同情して表情を曇らせた。

「頼るところがあるからあてにするんだ。これからはおつるも手前ェの力で何んとかするはずだ。何んとかして貰わなきゃ、こっちだって困る」

徳次は声を荒らげた。又兵衛とおいせはそっと顔を見合わせた。やがて徳次は腰を上げた。浮かない表情だったが、おいせが酒の入った一升徳利《いっしょうどっくり》を差し出した時だけ、にッと笑顔を見せた。

師走も半《なか》ばを過ぎると、江戸には慌《あわ》ただしさが増す。正月の用意に追われ、又兵衛もおつるのことを考える暇がなくなった。いや、又兵衛が心配したところでどうなるものでもないと、諦《あきら》めの気持ちでもいたのだ。

会所の前の門松《かどまつ》が立てられ、餅屋《もちや》が鏡餅とのし餅を届けに来て、正月の準備はあらかた調《ととの》った。おいせはおせち料理作りに余念がない。正月に訪れる子供達と孫の顔を見るのを今から楽しみにしている。

又兵衛は障子紙の貼り替えや雑巾《ぞうきん》掛《が》けを買って出た。そういうことは苦でなかった。おいせが助かるよ、お前さん、と喜んでくれるのでなおさら張り切ってしまうのだ。

雑巾掛けが終わり、汚れた水を外に振り撒《ま》いた時、おつるがよろよろと歩いてくるのに気づいた。前日に降った雪が解けて、通りはぬかるんでいた。歩き難《にく》いせいもあったが、おつるは荒い息をして身体が辛そうに見えた。恐らく、徳次の家に無心に行って断られ、意気消沈《いきしょうちん》したのだろうと又兵衛は思った。

「おつるちゃん」

又兵衛は呼び掛けずにいられなかった。何んならおいせに頼んで幾らか用意してやることも考えていた。

「小父さん……」

そう言った途端、おつるは地面にばったりと倒れた。又兵衛は慌てておつるを助け起こした。おつるは気を失っていた。

又兵衛はおつるを抱え上げ、会所の中に運ぶと、声高《こわだか》においせを呼んだ。おいせも突然のことに仰天《ぎょうてん》していた。

「医者を呼んでくるよ。悪いがおつるちゃんを寝かせてやってくれ」

「わ、わかりました。お前さん、気をつけて。急ぐあまり転んで足でも折ったら大変ですから」

「おきゃあがれ！」

又兵衛は豪気に吼《ほ》えると町内で町医者をしている岡田仁庵《おかだじんあん》の家に走った。堀江町の徳次にも知らせようとしたが、さすがに仁庵の家に着いた時は息が上がり、その余裕はなかった。

又兵衛が仁庵とその弟子とともに会所に戻ると、板の間に敷いた蒲団《ふとん》におつるが寝かされていた。

仁庵はさっそく脈を執《と》ったが、その表情は厳しかった。

「弱々しい脈ですな。寒さで体温も低くなっております。部屋を暖めて滋養《じよう》のある物を食べさせてやれば、少し回復するでしょう」

「重い病《やまい》ではないのですね」

又兵衛は確かめるように訊く。

「特に痛みを覚えているようなところはありませんので、今のところは大丈夫だと思います。したが、安静が必要です。疲れがかなり溜《た》まっている様子です。無理をすれば、それこそ重い病に陥《おちい》る恐れがあります。このまま寝かせてやって下さい」

仁庵はそう言うと、薬籠《やくろう》を携《たずさ》えた弟子に薬を出すよう命じた。その薬は女の身体によいとされる類《たぐい》のものだという。おいせは何も言わず仁庵に薬料を払ってくれた。そういうところは心底ありがたいと又兵衛は思っている。他人様《ひとさま》の薬料を何んであたしが払わなきゃならないのさ、と眼を剝《む》かれたら、又兵衛もどうしてよいかわからない。

仁庵と弟子が帰ると、おいせは低い声で、

「堀江町の家に知らせたほうがいいのじゃないかえ」

と言った。

「そうだなあ」

「お前さん、悪いけど行ってきておくれよ」

「ああ」

そう応えた時、おつるが「お願い、少しでいいの。このままじゃお正月ができない、後生《ごしょう》だから……」と呟《つぶや》いた。意識を取り戻したのかと思ったが、そうではなかった。おつるはうわ言を喋っていたのだ。

「倒れたっていうのに、まだお金の心配をしている」

おいせは眼を赤くして低い声で言った。

又兵衛が会所の外に出た時、背中で自分を呼ぶ声が聞こえた。振り向くと、孫右衛門が風呂敷包みを提《さ》げて大伝馬町の方向からやってくるところだった。

孫右衛門の顔を見た途端、又兵衛は徳次の家でなく、三河町の横瀬家に行こうという気になった。場所は徳次から聞いて、だいたい見当がついている。孫右衛門に同行して貰えば、言い難いことも言えそうな気がした。

「瓢箪長屋で餅つきをしたのよ。又さんのところにも持ってきてやったよ」

孫右衛門は又兵衛の思惑も知らず、呑気《のんき》な声で言った。大家は裏店の厠《かわや》に溜まったものを肥料として江戸近郊の百姓に下げ渡す。孫右衛門はその礼金を毎年、店子《たなこ》達の餅代に充《あ》てていた。

「そいつはありがとうよ。ところで、これから差し迫った用事はあるのかい？」

「いや、餅つきは終わったし、後は湯屋にでも行くだけだ。何かい、外で一杯飲もうって魂胆かい。そういう話なら喜んで乗るぜ」

「後で飲ませる。とり敢えず、ちょいとつき合ってくれ」

又兵衛は孫右衛門の袖を引いて、大伝馬町の方向へ促した。

「ど、どこへ行くのよ」

「三河町だ」

「三河町？　そこに何がある」

「いいから、黙ってついてこい」

事情を説明すれば、何かと理由をつけて断るに決まっていた。ここはどうでも孫右衛門に一緒に行って貰わなければ、又兵衛は心細かった。何しろ、相手は武家だ。

江戸城の外堀に近い竜閑橋《りゅうかんばし》を渡り、鎌倉河岸《かまくらがし》に出ると二人は西へ折れた。三河町はその先にある町だった。

四

古びてはいたが立派な長屋門のある家に着いた時、又兵衛は胸の鼓動が高くなった。おつるの姑に会った途端、ひどい悪態が口をついて出そうで、又兵衛は落ち着け、落ち着けと自分に言い聞かせていた。

「ここは誰の家よ。お武家様のお家じゃないのかい」

孫右衛門は怪訝《けげん》な表情で訊く。

「ああ。おつるちゃんの嫁ぎ先だ」

「ええっ？」

驚きで眼をみはった孫右衛門に構わず、又兵衛は横の通用口から中に入った。中は広い庭になっており、松やもみじなどの樹木が植わっていた。平らな敷石の通りに進むと、その家の玄関に出たが、又兵衛は自分の身分を考えて勝手口に回った。

午後の八つ半（午後三時頃）を過ぎていたが、曇り空のせいで外はずい分、暗く感じられた。

「ごめん下さい。手前は堀留町の会所におります又兵衛という者でございます。何卒《なにとぞ》、奥様にお取り次ぎを」

又兵衛は震える声を励まして言った。ほどなくその家の女中らしいのが油障子を開けた。

十五、六の垢抜《あかぬ》けない娘だった。

「どのような御用でしょうか」

女中は怪しむような表情で訊く。

「おつる……いえ、こちらの若奥様のことでちょいとお話がありまして」

そう言うと、女中は肯いて中へ引っ込んだ。

ほどなく出てきたのは四十がらみの女だった。ずい分若い姑だと又兵衛は思った。

「おつるはまだ戻っておりませぬ。おつるに用事でしたら、もう少し後になさって下さい」

突き放すような言い方だった。女にしては背丈が高く、貫禄《かんろく》がある。整った顔立ちをしているが何やら表情に険《けん》が感じられる。こんな姑を前にしたら、おつるは気後《きおく》れして何も言えないはずだと又兵衛は思った。

「いえ、こちらの若奥様は具合を悪くされて倒れてしまったんですよ。大事ありませんが、堀留町の会所で休んでおります」

又兵衛の言葉に女は眉間《みけん》に皺《しわ》を寄せた。それから何も言わず奥へ引っ込んだ。

「帰れってことかなあ」

孫右衛門は心許《こころもと》ない表情で又兵衛に訊く。

「さあ」

又兵衛も首を傾《かし》げた。だが、再び女中が現れて、どうぞお上がり下さい、と言った。客間に案内されるのかと思ったが、そうではなかった。二人は水屋の板の間に座らされた。

ひどく待たされた後に、年寄りの女が先ほどの四十がらみの女につき添われてやってきた。年寄りの女がおつるの姑で、四十がらみの女が同心の家に嫁いでいる小姑だと又兵衛はようやく納得した。

姑は少し惚《ぼ》けているような感じがあった。これでは小姑の言いなりになるのも無理はない。その通り、口を開いたのは小姑だった。

「それで、おつるは本日中に戻れるのですか」

「いえ、医者は安静にしろと言っておりますので、本日中に戻るのは少し難しいかと」

　又兵衛はおずおずと言った。

「鏡餅とお雑煮《ぞうに》の餅を買ってくるように言いつけたのに、困りましたねえ」

　姑がか細い声で言った。

「さようでございます。用が足りませぬ」

　小姑はにべもない感じで応える。又兵衛は咄嗟《とっさ》に孫右衛門の風呂敷包みを取り上げ、これはほんの手土産でございます、と言って差し出した。

「お、おい、又さん」

　ぎょっとした孫右衛門を又兵衛は目顔で制した。孫右衛門は不服そうだった。餅は又兵衛とおいせのために用意したのであって、おつるの嫁ぎ先の手土産にするつもりなどさらさらなかったのだ。

「これは？」

　小姑が小意地の悪い表情で訊く。

「餅でございます」

　又兵衛が応えると、小姑は包みの大きさから中身を推《お》し量《はか》るような目つきをした。いやな感じだった。

「それで、わざわざお越し下さったご用件とは何んですの」

小姑は改まった顔で言った。

「はい。その前にお二人は若奥様が実家に度々、無心をされていることをご存じでしょうか」

又兵衛がそう訊くと、存じません、小姑は甲高《かんだか》い声を上げた。

「若奥様の実家は手前の近所ですし、親しくしております。実家のてて親もこぼしておりました」

「町人とは困ったものです。ぺらぺらと余計なことを喋ります。おつるも実家の父親も恥というものをご存じないらしい」

「恥ですか」

「そうではないのですか」

「若奥様が切羽詰まって実家に無心されるお気持ちはわかりませんか」

「おつるはどんぶり勘定《かんじょう》の町人の家に生まれ、やり繰《く》りの才覚がないのでございましょう」

「お言葉ですが、その原因がおたく様にもあるとはお考えになりませんか」

又兵衛は、むっとして言葉を返した。やり繰りの才覚がないのは手前《てめ》ェだろうが、と内心で毒づいていた。

「どうしてわたくしが」

「これは噂でございますが、おたく様には借財がおありになるそうで、そのためにおたく様はこちらに援助をお願いしているとか。その皺寄せを若奥様が被《かぶ》っているのではありませんか」

「わが家に借財などありませぬ。妙な憶測はやめていただきたいものです」

「そうですか、憶測でしたか。そいつはご無礼致しました。ついでにお訊《たず》ね致しますが、本日、若奥様は鏡餅と雑煮の餅を買いに行かれたそうですが、その代金をお渡しなすっておりますでしょうか」

「勝代《かつよ》さんがおつるに渡しているはずでございます。わが家と勝代さんのお家の分も一緒に」

姑は心配そうな表情で娘を見る。勝代というのが小姑の名前らしい。途端に小姑は慌てた表情に変わった。

「あら、もしかしておつるは忘れてそのまま出かけたやも知れませぬ」

とり繕《つくろ》うように応えた。

「二軒分の餅代となれば相当だ。忘れるなんぞは考えられませんよ。忘れたら取りに戻るはずだ。若奥様はそれができず、また実家に性懲《しょうこ》りもなく無心に行って断られたんですよ。そのせいで具合を悪くしてしまった。え？　そうはお考えになりませんか」

又兵衛は次第に興奮した声になった。しかし小姑は存じませんを繰り返すだけだった。

「どうしておつるはご実家に無心するのでしょうね。勝代さんは理由を知らないと言うし」

無邪気な姑が又兵衛には憐《あわ》れに思えた。

「いや、大奥様。理由は手前がよっくわかりました。今後、若奥様にお使いを言いつけなさる時は、大奥様が手ずから若奥様にお金をお渡し下さいませ。それですべてが丸く収まります」

「わたくしがお金を横取りしているとでもおっしゃりたいの？」

小姑の顔に朱《しゅ》が差した。

「違いますか」

「町人の分際《ぶんざい》で無礼な。許しませんぞ」

「ほう、どうなさると」

「わたくしの夫は奉行所で定廻《じょうまわ》り同心を仰《おお》せつかっております。夫に申してきつく叱っていただきます」

「そうなった場合、おたく様のお立場も危うくなりますが、よろしいんですか」

「お引き取りを。もう、お話しすることはありませぬ」

小姑は硬い声で言い放った。又兵衛は姑に向き直った。

「大奥様。若奥様が実家に無心する訳がわかりましたか」

又兵衛は試すように訊いた。後で小姑に丸め込まれては元の木阿弥《もくあみ》である。

「母上、何もおっしゃる必要はございません」

小姑は横から制した。あなたは黙って、と姑は情けない顔で言った。

「わたくしは年のせいで身体が思うように動いてくれませぬ。それで勝代さんに手助けをお願いしていたのですが、そのためにおつるに辛い思いをさせてしまったのですね。申し訳ありませぬ」

姑は心底すまない表情で頭を下げた。

「母上、謝ることはございません。この二人はおつるの回し者ですよ。そのような者の言うことはでたらめに決まっております」

小姑は必死の形相《ぎょうそう》で言う。だが姑は俯《うつむ》いてそれ以上、何も応えなかった。

又兵衛は姑がおつるの事情をわかってくれたので十分満足していた。胸のつかえも下りた。二人は暇乞《いとまご》いして横瀬家を出た。

小姑が女中に「塩を撒きなされ」と憎々しげに言う声が聞こえていたが。

「お武家の奥様でもほまち（悪い意味でのへそくり）するんだなあ」

孫右衛門は帰り道を辿《たど》りながらそんなことを言う。

「武家の女房だからって、皆《み》んなが皆、清廉潔白だとは限るものか。そこは武家も町家も関係ないわな。人がすることだ。あの姑も娘のことは勝代さんと、さん付けしているくせに、おつるちゃんのことは呼び捨てだ。大工の徳さんが言っていたように、ちょいとおつるちゃんを下に見ているようだね」

それがこの度のような結果になったと又兵衛は思った。

「これでおつるちゃんは、てて親に無心しなくてもよくなるだろうか」

孫右衛門は、まだ心配そうである。

「多分、大丈夫だろう」

半信半疑だったが、孫右衛門を安心させるために又兵衛は応えた。

「そいじゃ、約束を果たして貰おうか」

孫右衛門は話題を変えるように言う。

「約束？」

「後で飲ませると言っただろうが」

「あ、ああ。飲ませる、飲ませる。おつたに行こう」

「おつた」は二人が時々通う堀留町の居酒見世《いざかみせ》だった。そのおかみとは年齢が近いせいで又兵衛と孫右衛門は話が合うのだ。

「二人で年忘れの会と洒落《しゃれ》ようか。今年は二人ともよくがんばったんだし」

孫右衛門は相好《そうごう》を崩して言う。

「そうそう。孫さんは瓢箪長屋の店子達の面倒をよく見たからね」

「又さんだって町内の人のためにがんばったよ。おつるちゃんのことは、そのがんばり納めだ」

「そう思ってくれるのかい。さすが孫さんはおれのダチだ」

二人は上機嫌でおつたを目指して歩き始めた。

五

おつたでは少々、酒量を過ごした。又兵衛は覚《おぼ》つかない足取りになった孫右衛門を自宅へ送り、それから会所に戻った。今まで何をしていたのかと、おいせが怒っていると思えば、途端に酔いが覚めるような気がした。

表戸は閉じられていた。又兵衛が恐る恐る表戸に取りつけてある通用口から中へ入ると、見慣れぬ武家の男が振り返った。

「お邪魔しておりました」

紋付羽織《もんつきばおり》の男は丁寧《ていねい》に頭を下げた。傍でおつるが蒲団《ふとん》の上に半身を起こし、おいせの綿入れ半纏を羽織っていた。男はおつるの亭主の横瀬左金吾だと、すぐに察しがついた。

又兵衛は、はあと応えた後で「おつるちゃん、気がついたのかい」と優しい声で訊いた。

「小父さん、ご迷惑をお掛けしました。それに横瀬の家に行って下さったそうですね」

「あ、それは……」

左金吾の姉にあれこれ言ったことが俄《にわか》に思い出され、又兵衛は身が縮む思いだった。左金吾は立腹して、ここまでやってきたのだろうかとも思う。又兵衛は板の間に上がり、囲炉裏の炭を掻《か》き立てて、二人から視線を逸《そ》らした。

「母から事情を聞きました。大層驚いた次第にござる。それがし、お務め大事と考え、家計のことには全く頓着《とんちゃく》しておりませんでした。申し訳ござらぬ」

だが、左金吾は畏《かしこ》まって頭を下げた。

「お武家様が町人に頭を下げるのはよくありませんよ。どうぞ、お手を上げて下さい」

又兵衛は、ほっとして表情を和《やわ》らげた。

おいせが台所と板の間の境の障子を開けて出てきた。

「お前さん、遅かったですね。横瀬様はずい分、お待ちになっていらしたのですよ」

おいせはちくりと嫌味を言った。

「すまん。横瀬様の所に行った帰りに孫さんとちょいと飲んだものだから」

又兵衛はもごもごと言い訳する。

「おつるが憐《あわ》れで飲まずにはいられなかったのでございましょう」

左金吾は訳知り顔で口を挟んだ。少し小太りの体型で、横鬢《よこびん》からほつれた毛がくるくると丸まっている。左金吾はくせ毛の質《たち》なのだろう。眉が濃いわりに、眼は小さかった。ふっくらとした頰《ほお》には赤みが差している。愛嬌《あいきょう》が感じられる男だった。おつるが左金吾の許《もと》へ嫁ぎたいと思った気持ちもよくわかるというものだった。

「いや、そんなことではありませんよ。二人で年忘れの会をしたかっただけです」

又兵衛は悪戯《いたずら》っぽい顔で応える。まあ、年忘れだなんて理屈をつけて、おいせが眉間に皺を寄せた。

「それで、お姉様はさぞお腹立ちでございましたでしょうね。手前は勝手なことをあれこれ申し上げてしまいましたから」

又兵衛は左金吾と姉のやり取りが気になり、真顔《まがお》に戻って訊いた。

「それがしが問い詰めると、姉は泣き出しまして、手がつけられませんでした。しばらく、わが家に訪れるのを遠慮するようにと申しました。しかし、姉を一方的には責められないのでござる。横瀬家は長く小普請組に落とされておりましたので、姉の家に援助を乞《こ》うたこともございまする。早い話、それがしが剣術の道場や学問所へ通う費用は姉が面倒を見てくれていたのでござる。それがしが晴れて御番《ごばん》入《い》り（役職に就《つ》くこと）を果たし、姉の家よりお上からいただく物が多くなると、姉は今までの掛かりを取り戻そうと考えるようになりました。それは無理もないことと思い、それがしは母と相談して毎月、幾らか姉に渡しておりました。したが、数年前より母はもの忘れをするようになり、家計の采配《さいはい》を姉が執《と》るようになりました。そんなところへおつるが輿入れしてきたのです。それがしはおつるが嫁になったと同時に家計を任せればよかったのですが、それがしも面倒を見て貰った弱みがあるものですから、きっぱりと言うことはできなかったのでござる」

左金吾は苦しい胸の内を明かした。もう、おっしゃらないで、おつるが低い声で言った。

「それじゃ、これからおつるちゃんが苦労することはないのですね」

又兵衛は念を押した。はい、と左金吾は応える。その拍子《ひょうし》におつるは堰《せき》を切ったように泣き出した。

「辛かったねえ、おつるちゃん。でも、もう大丈夫だよ。横瀬様がちゃんとわかって下さったから。堀江町の親方も安心するというものだ」

おいせはおつるの背中を撫《な》でながら言った。

おつるはおいせの言葉に、さらに泣き声を高くするのだった。

気持ちが落ち着くと、おつるは三河町の家に帰ると言った。姑を一人にするのが心配になったのだろう。

「町木戸が閉じる時刻ですよ。今夜はお二人でここにお泊まりなさいまし。横瀬様のお家には女中さんもおりますでしょうし、ひと晩ぐらい空《あ》けても大事ないでしょう」

おいせは熱心に勧めた。

「それではお言葉に甘えて」

左金吾はそう言った。おつるは嬉《うれ》しそうにようやく笑顔を見せた。それからおせち料理の味見をしたり、餅を焼いて海苔《のり》で巻いて食べたりして腹ごしらえをすると、又兵衛とおいせは二人を残して自分達の部屋に引き上げた。

「おい、蒲団をもうひと組出さなくてよかったのかい」

又兵衛は床に就くと、気になっておいせに言った。

「夫婦だもの、一緒の蒲団でいいじゃない」

おいせは埒《らち》もないという表情で応える。

「そうかなあ。寒くないかなあ」

「二人で身体を寄せ合って眠れば寒くなんてありませんよ」

おいせはそう言って欠伸《あくび》を洩《も》らし、すぐに軽い寝息を立てて眠ってしまった。

又兵衛は隣りの部屋に若夫婦が寝ているかと思えば、何やら落ち着かない気持ちだった。

――痛い……もう、やんちゃなんだから。

――すまん、すまん。明日は餅を買って帰ろうな。

――お金はあるの？

――ああ、母上からいただいた。

――よかった。

――これからは何んでもおれに言うのだぞ。姉上の言う通りにしていたら、お前の身体がどうにかなってしまう。

――心配して下さるの？

――当たり前だ。

――嬉しい。

それから何やら身じろぎする気配があり、又兵衛は胸がどきどきした。しかし、昼前の疲れと酒の酔いも手伝って、いつしか又兵衛も眠りに引き込まれていた。


翌朝、又兵衛とおいせが起きて板の間へ行くと、蒲団は畳まれ、おつると左金吾は身仕度を調えて座っていた。

「お早うございます。昨夜は、いかいお世話になり申した。これでお暇致します」

左金吾は礼を述べた。傍でおつるも頭を下げる。その表情は明るく、すっかり元気を取り戻した様子である。

「おつるちゃんが元気になって、よかった、よかった」

又兵衛も嬉しそうに言った。腰を上げた二人においせは、朝めしを食べて行けと引き留めた。

「お内儀、本日は大晦日《おおみそか》でござる。人の家で呑気《のんき》に朝めしを食べている場合ではござらぬ」

左金吾はその時だけ、厳しい声で言った。

「さようですか。それはまあ……」

おいせはそれ以上、強くは言わなかった。

だが、おつるは「小母《おば》さん、黒豆の炊《た》いたの、少しいただける？　昨夜お味見したら、とってもおいしかったから」と甘えた声で言った。

「これ、図々《ずうずう》しい」

左金吾が慌てて制した。

「おやすい御用ですよ。あたしの黒豆は結構、評判がいいんですよ」

おいせは得意そうに応える。

「手前ェで言ってりゃ世話はないよ。だから町人は恥を知らないなどと陰口を叩《たた》かれるんだ」

又兵衛は呆れ顔で言う。

「誰よ、そんな陰口を叩く人は」

おいせは、きゅっと眉を持ち上げた。

「いや、それは」

「それがしの姉ですか？」

左金吾が悪戯っぽい表情で訊く。又兵衛は慌てた。いえいえ、たとえ話ですよ、又兵衛はお茶を濁《にご》した。

おつるは黒豆の入った小さな重箱を携《たずさ》えて嬉しそうに去って行った。見送る又兵衛とおいせの眼にも二人の姿は倖《しあわ》せそうに見えた。

「今だから言うけど、あたし、おつるちゃんが横瀬様と離縁するのじゃなかろうかと思っていたんですよ」

おいせは小さくなったおつると左金吾の後ろ姿に視線を向けながら言った。

「おれもそう思っていた」

「お前さんは、そうさせたくなくて横瀬様のお家に乗り込んだのかえ」

「いや、おれはお前に言われた通り、最初は堀江町の徳さんの所に行くつもりだったのさ」

「それがなぜ？」

「会所を出た時、孫さんがちょうどやってきたんだよ」

「孫右衛門さんは何か用事でもあったんですか？」

「瓢箪長屋で餅つきをしたんで、おれの所にも幾らか持ってきてくれたのよ」

「そのお餅、どうしたの？」

「横瀬様のお家に置いてきた。ほんの手土産のつもりで」

「よくわからないよ。あたしはどうしてお前さんが横瀬様のお家に行ったのかと訊いているんですよ」

「だから、孫さんの顔を見たら、途端に横瀬様の所に行く気になったって訳だ」

「一人じゃ心細いから孫右衛門さんについて行って貰ったのね」

「そういうこと」

「いくじなし」

「そう言うなよ」

「確かに横瀬様のお姉様のすることは度が過ぎていたと、あたしも思いましたよ。でも、横瀬様とお姉様は血が繋《つな》がっている。あたしは横瀬様がおつるちゃんじゃなくお姉様の肩を持つような気がしてならなかったの」

「どうしてそう思うんだい？　おつるちゃんと横瀬様は夫婦じゃないか」

又兵衛は怪訝な顔でおいせを見た。

「あたしの友達にね、ご亭主の妹さんが出戻ってきて、一緒に暮らす内にうまく行かなくなった人がいるんですよ」

「小姑だからなあ」

「妹さんは乳《ち》飲《の》み子を抱えて出戻ったので、静かに暮らしていた家は大騒ぎになってしまったんですよ。でも、子供に罪はないから、あたしの友達もじっと我慢していたのよ。ところが、妹さんは家の中のことを何もせず、三度三度のごはんだけはしっかり食べていたそうなの」

「そりゃあ、誰だってめしは喰うだろう」

「あたしの友達、赤ん坊のおむつまで洗う羽目になったんですよ。妹さんはおっぱいをやるだけ。さすがに堪忍袋《かんにんぶくろ》の緒《お》が切れて、ご亭主に文句を言うと、ご亭主は何んと応えたと思う?」

「さあ……」

「妹は血が繋がっているから縁を切る訳に行かない、お前が我慢できないのなら仕方がない、好きにしろって」

「…………」

「あたしの友達、目の前が真っ暗になったそうよ。それで、こんな家にはいられないと、簞笥《たんす》を引っ掻き回して身の周りの物を風呂敷に包んでいたら、その妹さんが鬼のような形相でやってきて、文句があるなら自分に直接言えって詰め寄り、友達の身体を押し倒すと、馬乗りになって何度も何度もほっぺたをぶったのよ」

「すごい妹だな」

「感心している場合じゃないのよ。あたしの友達はわあわあ泣きながら実家に戻ったんですよ。三十年も前の話ですけどね」

「それで、お前の友達は離縁したのかい」

「ううん。実家のてて親が一人で食べて行けるようにって、小間物屋をやらせてくれたのよ。すると、そこへご亭主がのこのこ通ってくるようになったの」

「呆れた男だな」

「あたしもそう思った。家になんて上げちゃいけないって意見したけど、友達は悪びれた表情をするだけで、ちっとも言う通りにしなかったのよ。今じゃ、ご亭主も一緒に小間物商売をしているのよ」

「何んだ、丸く収まったんじゃないか」

「ええ、でも、おつるちゃんの場合は嫁ぎ先がお武家だから、そう簡単に行かないと思っていたのよ」

「そうだなあ」

「横瀬様は、あたしの友達のご亭主とは大違いよ。さすがにお武家様だ」

「何んだい、上げたり下げたり、忙しい女だなあ」

「結局、夫婦がお互いのことをわかっていれば、何があっても壊《こわ》れることはないってことなのよ」

「それはそうだ」

「何んて言うのかなあ、思いやり？」

「そうかも知れない」

「でも、横瀬様のお姉様はこのまま素直に引き下がるかしら」

おいせは、まだ幾分、心配そうだった。

「横瀬様は姉を出入り禁止にしたそうだから、これからは滞《とどこお》りなく物事が運ぶと思うよ」

「そうだといいけど」

おつると左金吾の姿はとうに見えなくなった。その代わりに空から白いものが落ちてきた。

「あら、冷えると思ったら、とうとう降ってきましたね」

「ぼたん雪だ。この様子じゃ積もりそうだよ」

又兵衛は掌《てのひら》に雪を受けながら言う。

「雨降って地固まるって諺《ことわざ》があるけど、雪も何かよい諺があるかしら」

おいせはおつるの新たな門出をうまい言葉で表したかったらしい。そう言われても又兵衛は咄嗟に思いつかない。しばらく、うーんと唸《うな》って思案した。

「続きは中に入って考えましょう?」

おいせは外につっ立っている又兵衛を促した。

土間に足を踏み入れた時、又兵衛は掌をぽんと打った。

「おいせ、思い出した。雪は豊年の瑞《しるし》、だ」

そう言うと、おいせはよくできました、とからかうように笑った。

嵩《かさ》のあるぼたん雪はそれからも降り続き、江戸では数年ぶりに雪の元旦を迎えた。三が日が過ぎれば、出初式《でぞめしき》やら何やら正月の行事が続く。又兵衛とおいせの余生は、まだまだのんびりとは行かないようだ。

どんつく

一

雪景色で迎えた江戸の新年だったが、三が日は正月らしい穏《おだ》やかな陽射《ひざ》しが降り注いでいた。

堀留町の会所《かいしょ》の前は又兵衛が癇性《かんしょう》に雪掻《か》きするので整然として気持ちがいい。又兵衛は会所の管理を任《まか》されている。そこは住まいも兼ねているが、店賃《たなちん》は掛からない。その代わり、いつ何刻《なんどき》、誰が訪れてきてもいいように、きれいにしておかなければならなかった。

甑《こしき》で雪搔きしていると、通り過ぎる近所の人間は「ご精が出ますね」と言葉を掛ける。それはいいとして、あまり無理をすると腰を痛めますよ、と余計なことまで言う。相手は親切のつもりで言っているのだろうが、何《な》んだか年寄り扱いされているようで又兵衛は腹が立つ。年が明けて五十六歳になったとはいえ、まだ還暦《かんれき》前だ。雪掻きぐらいで腰を痛めていられるかと又兵衛は思っている。

材木の仲買人《なかがいにん》をしていた頃は職人達に指図《さしず》するばかりでなく、自らも身体《からだ》を使って材木を運んだ。その頃は肩に硬い胼胝《たこ》ができていた。角材をたったと運ぶ又兵衛を見て、職人達は親方にゃ敵《かな》わねェと、しみじみ言っていたものだ。今だって、朝起きればさっさと歯磨きと洗面を済ませ、朝めし前に会所の内外を掃除《そうじ》して雑巾《ぞうきん》掛《が》けをする。それをしなければ何んだか気持ちがすっきりしないのだ。又兵衛に比べ、連れ合いのおいせは少々散らかっていても気にしない女である。ごみで死ぬ人はいませんよ、などとふざけたことを言う。夫婦喧嘩《げんか》になるのはそんな時である。

大伝馬町《おおてんまちょう》で瓢箪長屋《ひょうたんながや》と呼ばれる裏店《うらだな》の大家（差配《さはい》）をしている孫右衛門が新年の挨拶《あいさつ》に訪れた時も又兵衛は座蒲団《ざぶとん》の積み重ね方が悪いとおいせに文句を言っていた。孫右衛門は又兵衛の幼なじみであり、今でも親しくしている友人だった。

会所の座敷の隅《すみ》には来客用の座蒲団を十枚ほど出しているが、おいせはその十枚をいっぺんに積み重ねていた。又兵衛は五枚ずつ、隣り合わせに置いたほうがきれいに見えると言ったのに、おいせは全く頓着《とんちゃく》しなかった。

「おやおや、お取り込み中ですかな」

孫右衛門は茶化《ちゃか》すように言った。

「なに、おいせがだらしないんで、ちょいと小言を言っていたところだ」

又兵衛は取り繕《つくろ》って答える。その拍子《ひょうし》においせが、むっとした顔になった。

「お言葉ですがね、あたしは人からだらしないなんて、一度も言われたことはありませんよ」

おいせはがらがらした声で口を返した。

「おいせさんの言う通りだ。又さんは癇性過ぎるんだ。おいせさんがだらしないなら、うちの長屋の女房どもを何んと言ったらいいのかね。たったひと間《ま》きりの部屋を取り散らかして平気な顔でいる連中ばかりだよ。又さん、大目に見てやんな」

孫右衛門はそう言って、携《たずさ》えた角樽《つのだる》を座敷に置いた。

「孫右衛門さん、どうぞ囲炉裏《いろり》の傍《そば》へ」

おいせは慌《あわ》てて積み重ねていた座蒲団から一枚取り上げた。おいせの勢いがよかったのか、残りの座蒲団が崩れ落ちた。又兵衛は、ほらみろと、おいせを睨《にら》む。おいせは悔《くや》しそうな顔で「はいはい、お前さんのおっしゃる通りですよ。あたしが悪うござんした」と、やけのように謝《あやま》った。

「何んだ、その謝り方は」

又兵衛は、また癇を立てる。

「いい加減にしないか、又さん。正月早々に喧嘩をすると、一年中、喧嘩をすることになるんだよ」

年を取っても相変わらず子供のようなことをしていると、孫右衛門は呆《あき》れた表情だった。

それでもおいせがかいがいしく酒の燗《かん》をつけ、自慢のおせち料理を並べる頃には又兵衛の機嫌もようやく直っていた。

「今年もよろしく頼みますよ」

孫右衛門は律儀《りちぎ》に挨拶した。

「こっちこそ、今年も何かと世話になると思うんで、よろしく頼む」

又兵衛も大きな身体を折って、孫右衛門に挨拶した。

「四日には出初式《でぞめしき》が控えているからね、い組の連中も張り切っているよ。今年は浜次《はまじ》が久々に梯子《はしご》乗りを披露《ひろう》するそうだ」

「悪たれ浜次……」

おいせが思わず言った。幼い頃から浜次は町内の鼻つまみだった。すれ違った者と肩がぶつかったと難癖《なんくせ》をつけて喧嘩をするわ、番太《ばんた》（木戸番）の店の品物をかっぱらうわ、年寄りにはくそ婆《ばば》ァ、死に損《ざこ》ないと悪態《あくたい》をつくわで手がつけられなかった。世話になっていた伯父《おじ》夫婦もすっかり匙《さじ》を投げていたありさまだった。どうしたらいいものかと孫右衛門ら、町役人《ちょうやくにん》が頭を悩ませていた時、鳶職《とび》の頭取《とうどり》が引き取って面倒を見ようと言ってくれたのだ。頭取は梯子乗りの技《わざ》を仕込むことで浜次の荒《すさ》んだ気持ちを宥《なだ》めたのである。

浜次は元々、身が軽い質《たち》だったので、ぐんぐん梯子乗りの腕を上げた。度胸もいいので技も見栄《みば》えする。今では江戸でも指折りの梯子乗りとして評判が高かった。

は組は鳶職の傍《かたわ》ら、町火消しの御用を承《うけたまわ》る。

町火消しには頭取、小頭《こがしら》、纏《まと》い持ち、梯子持ち、平人《ひらびと》（鳶口）、人足《にんそく》（土手組）などの階級がある。浜次は最下級の人足だった。

火事が起きて、直接火掛かりするのは平人で、人足はそもそも火消しの数にさえ入らない連中である。土手組とは人足を貶《おとし》める言い方でもあった。その土手組から出初式の梯子乗りに抜擢《ばってき》されるのは異例中の異例だった。

「は組の頭《かしら》も何を考えているんだか」

孫右衛門は苦々《にがにが》しい表情で言う。頭取の吉五郎《きちごろう》のことを町内の人々は、単に頭と呼んでいた。吉五郎は又兵衛や孫右衛門と同い年で、お内儀《かみ》のおすみも偶然、おいせと同い年だった。は組は大伝馬町、亀井町《かめいちょう》、難波町《なにわちょう》、堺町《さかいちょう》、小網町《こあみちょう》など、四十六町半を縄張《なわばり》にし、総勢六百人もの火消し要員を抱えている。江戸でも二番目に大きな組である。六百人も男達がいるのだから浜次でなくても梯子乗りは他にいるだろうに、と孫右衛門は言いたいらしい。

「でも、初めて浜次の梯子乗りを見た時、あたし、うっとりしましたよ。他のことはともかく、梯子乗りは浜次に敵《かな》う人なんていませんよ」

おいせは浜次にさん付けしない。いや、この近所の連中で浜次さんなどと畏《かしこ》まって呼ぶ者はいない。子供まで浜次と呼び捨てにしている始末だ。それは子供の頃の悪たれぶりばかりが理由でなかった。四年前、大伝馬町一帯で火事が起きた時、助っ人に駆け付けた隣り組の町火消しと喧嘩になり、浜次はその一人に怪我《けが》を負わせてしまった。相手はかなりの重傷で、ふた月もの間、床《とこ》から起き上がれなかった。浜次は町奉行所にしょっ引《ぴ》かれ、三年間の人足寄場《にんそくよせば》送りの沙汰《さた》を受けた。相手が命を取り留めたのが幸《さいわ》いだった。もしも万が一のことがあったら、浜次は殺しの下手人として死罪になっていたはずだ。

寄場送りになった時、浜次にはふたつ下の女房と生まれたばかりの息子がいた。女房のおゆきは当時十七歳、浜次は十九歳だった。

二人は瓢箪長屋で所帯を持っていたのだが、おゆきはその後、息子を連れて実家に戻っていた。浜次は寄場の年季《ねんき》を終えて帰ってきても、おゆきの実家に顔を出した様子はなかった。しかし、離縁の手続きは、まだされていない。孫右衛門はそんな浜次にいらいらしているふうでもあった。

「あいつは全くのどんつくよ」

孫右衛門はそんなことまで言う。どんつくは鈍《にぶ》い者や愚《おろ》か者という意味である。質《たち》の悪い布をどんつく布子《ぬのこ》と呼ぶこともある。孫右衛門は愚か者として遣《つか》っていた。

「三月には人別《にんべつ》（戸籍）改《あらた》めがある。孫さん、浜次のことはどうするつもりよ。浜次は瓢箪長屋にはいねェんだろ？」

又兵衛は浜次の立ち場を心配する。お上は年に一度、江戸の人口を把握《はあく》するために名主《なぬし》を通して、各町の人別を改めていた。

「ああ。寄場から戻ってから頭の家で居候《いそうろう》している。まあ、頭が同居人として届ければ、無宿者《むしゆくもの》はまぬがれるだろうが」

「おゆきちゃんが実家に戻った時、店賃は溜《た》まっていなかったのかい」

又兵衛は泣き止《や》んだ後のように潤《うる》んだ眼をしていたおゆきを思い浮かべて訊《き》い

た。

「溜まっていたさ。だが、それはおゆきちゃんの親が払ったよ」

「迷惑掛けておいて、浜次はすんませんのひと言もないのかい」

又兵衛も次第に浜次に腹が立っていた。孫右衛門が言ったように全くのどんつくだと思う。

「あいつはふた親が幼い頃に死んでいるんで、ろくに躾《しつけ》もされずに育ったんだ。行儀は悪いし、もの言いも褒《ほ》めたものじゃない。だが、気性《きしょう》がまっすぐなんで、頭とお内儀さんには可愛《かわい》がられている。お内儀さんの言うことはよく聞くらしいよ。梯子乗りだって、他の連中が怖気《おじけ》をふるう技に、あいつだけはやってやろうじゃねェかと男気を見せるんだ。ま、わたしも心底、あいつが嫌いという訳じゃないよ」

孫右衛門は前言を翻《ひるがえ》して浜次を持ち上げた。

「頭とお内儀さんはおゆきちゃんと息子のことで浜次に何か言っていないのかしら」

おいせは、ふと疑問を覚えたように口を挟《はさ》んだ。おゆきの実家は品川町《しながわちょう》で菓子屋を営《いとな》んでいる。店は結構繁昌《はんじょう》していた。そういう所の娘を浜次が女房にできたのが、そもそも又兵衛にはわからなかった。

「頭とお内儀さんは、おゆきちゃんの両親に詫《わ》びを入れて、親子三人で暮らせと言ってるさ。だが、あのどんつくは、合わせる面《つら》がねェ、寄場帰りのてて親も息子にゃいらねェ、と意地を張っているそうだ」

孫右衛門は事情を知っていたらしく、ため息交じりに言う。

「何んだか可哀想《かわいそう》」

おいせは胸にぐっと来たようだ。又兵衛も浜次の気持ちがいじらしかった。三人がしんみりした時、会所の外から野放図《のほうず》な唄声が聞こえてきた。

〽鮎《あゆ》はなァ〜鮎は瀬《せ》にすむ、鳥やァ〜木にとまる、人はァ〜情けの下にすむゥ〜

噂《うわさ》をすれば何んとやらで浜次だった。人は情けの下にすむという所では感極まって、泣きそうな声になった。三人はそれが可笑《おか》しくて思わず噴《ふ》き出した。

又兵衛は腰を上げ、会所の油障子を開けた。

浜次は我に返ったような顔で「こいつは会所の又兵衛さん。新年、明けましておめでとうございやす」と両膝に手を置いて頭を下げた。扁平《へんぺい》な顔に、見事な三白眼《さんぱくがん》、低い鼻に薄い唇を持った浜次は存外に色白で背丈がある。見ようによってはいなせで男前と感じることもある。

「鮎の唄は、ちと早いんじゃないのかい」

又兵衛は冗談めかして言った。

「へ、へい。おいら、滅法界《めっぽうかい》もなく、鮎唄が好きなもんで」

「鮎の荷を担《かつ》いだことでもあるのかい」

「へい、は組に入る前、鮎売りの手伝いをしたことがありやす。玉川《たまがわ》で獲《と》れた鮎を担いで夜通し四谷《よつや》の魚市まで運ぶんですよ。その時、狐《きつね》にとり憑《つ》かれないように唄をうたうんでさァ」

「なるほどな。どうだい、ちょいと寄って飲んで行かないかい。正月のことでもあるし」

又兵衛は気軽に誘った。飲むついでに、さり気なく浜次の考えを聞くつもりであった。

「ありがとうございやす。だが、これから梯子乗りの稽古《けいこ》があるんですよ。酒は出初式が終わるまでやめておりやす。又兵衛さん、お気持ちだけ受け取っておきまさァ」

浜次は小粒の歯を見せて笑った。

「そうかい。出初式はおれも楽しみにしているよ。怪我をしないようにがんばりな」

「へい。そいじゃ」

浜次はぺこりと頭を下げ、また鮎唄をうたいながら去って行った。

いい若者だと思う。火事場で喧嘩沙汰になったのは運が悪かっただけだ。又兵衛は浜次の後ろ姿を見つめながら、そう思っていた。

二

出初式は大伝馬町一丁目の自身番の近くで行なわれた。当日は半刻《はんとき》（約一時間）も前から見物客が訪れ、二重三重の人垣ができた。四間半（約八・一メートル）の青竹の梯子は下から十二本の鳶口で支えられている。浜次はその梯子の上で技を披露するのだ。

やがて豆絞りの手拭《てぬぐ》いをきりりと締めた浜次が半纏《はんてん》、股引《ももひき》姿で現れると、観衆から「おお」とどよめきが起きた。足許《あしもと》は足袋裸足《たびはだし》である。

浜次は観衆に愛想《あいそ》をすることもなく、威勢よく梯子を上って行く。もちろん、又兵衛とおいせも見物に出ていた。孫右衛門は開け放した自身番の中から見物している。梯子乗りが終われば、祝儀《しゅうぎ》に上がった酒や仕出し屋から取り寄せた折詰を火消し連中に配らなければならない。また、祝儀を弾《はず》んだ旦那衆のもてなしもある。裏店の大家といえども何かと忙しいのだ。孫右衛門の傍には女房のお春もいた。手伝いに駆り出されたのだろう。

「いよいよですね、お前さん」

おいせは興奮した声を上げた。

「ああ。うまくやってくれるといいが」

「大丈夫ですよ、あの浜次なら」

その通り、浜次は一本遠見《とおみ》、二本遠見、横大《だい》の字《じ》、谷覗《のぞ》きなどの技を澱《よど》みなく披露した。

それから梯子のてっぺんで背亀《せがめ》、膝八艘《ひざはっそう》の大技に入った。背亀は梯子の桟《さん》を片手で握り、仰向《あおむ》けとなる技だ。背中の筋肉の強さと度胸が必要となる。浜次はゆっくりと仰向けになった。幸いその日はよい天気だったので、眩《まぶ》しい陽の光が浜次の身体を包む。膝八艘は灰吹きと呼ばれる梯子の先を握り、梯子の桟に右膝を突き、左足を後ろに伸ばし、さらに右手を前に伸ばすというものである。

大技の後にも逆さ大の字、吹き流しなどの技が続く。大丈夫とわかっていても、又兵衛は何度も胸がひやりとする場面があった。各町内では同じように組で選ばれた梯子乗りが技を披露しているはずだ。火の手を確かめるために遠くを眺めたことから梯子乗りの技が発展したという。今では江戸の貴重な行事となっている。耳を澄ませば、遠くのほうからも木遣《きや》り節が聞こえていた。

浜次は幾つもの技を披露すると、そろそろと梯子を下り始めた。下りる時も途中で技を見せる。そうして、梯子の五段目辺りに来ると、とんぼを切って着地するのである。

ところが、それまで順調だった浜次が着地する段になって俄《にわか》に崩れた。平衡《へいこう》を失って地面につんのめった。鳶口で支える後ろにも人足が控えていたのが幸いだった。浜次は転《ころ》ぶ寸前で人足に腕を取られた。

下手《へた》を打った浜次は、しばらく俯《うつむ》いて顔を上げなかった。泣いていたのかも知れない。

「どうしたんでしょうね。立ちくらみでも起こしたのかしら」

おいせは不思議そうだった。浜次は数人の人足に支えられながら自身番の中に入った。

最後にやんや、やんやの拍手をしようと待ち構えていた観衆もその機会を奪われ、白けた表情で三々五々引き上げて行った。

又兵衛は浜次が着地する直前、子供の甲高《かんだか》い声を聞いたと思った。ちゃん、と叫んだのは浜次の息子だったのだろうか。子供もたくさん見物していたので、どれがその子であるのか、又兵衛にはとんと見当がつかなかった。

邪魔になるので自身番には顔を出さず、又兵衛とおいせはそのまま堀留町の会所へ戻った。

孫右衛門はその夜、暮六《くれむ》つ（午後六時頃）を過ぎた辺りに会所を訪れた。残りの折詰をわざわざ持ってきてくれたのだが、孫右衛門の表情は浮かなかった。

「ご苦労さん。疲れただろう」

又兵衛は孫右衛門を座敷に促《うなが》しながら、ねぎらいの言葉を掛けた。

「ああ、疲れたよ。は組の兄貴分が浜次をこっぴどく叱《しか》ったもんだから、こちとら宥《なだ》めるのが大変だった」

「最後だけだろうが。浜次は、やることはやったさ」

「その最後を決められなかったんで、兄貴分達は、よくも台なしにしてくれたと浜次を責めたのよ。来年の浜次の梯子乗りは、これでなくなったようなものさ」

孫右衛門はため息交じりに言う。

「そうかい。それならそれで仕方がないな。組が決めることにおれ達は四《し》の五《ご》の言えないしよ」

又兵衛もそう応えるよりほかはなかった。

「さあさ、孫右衛門さん、一杯飲んで下さいな。お春さんも一緒だとよかったのに」

おいせが酒肴《しゅこう》の用意を調《ととの》えて孫右衛門の気を引き立てた。

「娘達が孫を連れてきているんだよ。まあ、わたしがいなくても勝手にやっているさ。ところで、又さんの所の子供達は顔を見せたのかい」

「倅《せがれ》は年始回りで忙しいのか来なかったよ。娘は昨日、顔を見せたが、おいせのおせち料理を重箱に詰めると、そそくさと帰って行きやがった。全く薄情な子供達よ」

又兵衛はくさくさした表情で応えた。

「りっちゃんはお仕事のつき合いもあるだろうし、おかっちゃんだって、親戚やご亭主の友人のおもてなしをしなきゃならないのよ。無理は言えないですよ」

おいせはそう言ったが寂しそうだった。長男の利兵衛は又兵衛の跡を継いで深川の「伊豆屋《いずや》」を守《も》り立てている。嫁に行った娘のおかつは時々、顔を見せるが、泊まって行くことはなかった。次男の清兵衛は養子に行ってから、堀留町はおろか伊豆屋にも、とんと顔を見せなかった。

「やっぱり又さんとおいせさんが堀留町にいるから足が遠退《とおの》くんだね。深川から出てくるのも、ちょいと骨だし」

孫右衛門はそう言って慰めるが、孫右衛門の娘達だって近くにいる訳ではない。正月ぐらい親の所に顔を出そうという気持ちがなければやってこないはずだ。おいせが実の母親じゃないせいもあるのだろうか。又兵衛はそっと胸で思っていた。

「しかし、浜次はどうして最後の最後にしくじったのかな。わたしにはさっぱりわからないよ。大技を決めて気が緩《ゆる》んだのかな」

孫右衛門は猪口《ちょこ》を口に運びながら首を傾《かし》げた。

「孫さん、気がつかなかったかい。浜次がとんぼを切る直前に子供の声がしたよ。ちゃん、と言っていた」

「浜次の倅かな。だが、まだ小さいから言葉を喋《しゃべ》るかどうか」

孫右衛門は得心の行かない表情だ。

「浜次が寄場送りになった時、息子は生まれたばかりだったわね。それから四年以上も経《た》っているんですもの、ちゃんぐらい言えますよ」

おいせは訳知り顔で口を挟む。

「おゆきちゃん、倅を連れて見物に来ていたのかな。わたしは気がつかなかった。後でうちの奴に訊いてみるよ」

孫右衛門はそう言った。浜次は女房と息子のことは忘れたつもりでいたが、ここに来て、ちゃんと呼び掛けられ、思わぬほど動揺したのかも知れない。悪たれと呼ばれた男にも弱みはある。それが女房と息子だったのだ。

「孫さん、一度、品川町に行っておゆきちゃんに気持ちを訊いてみる気はないかい。縒《よ》りを戻すにしろ、離縁するにしろ、はっきりさせたほうがいいよ」

又兵衛は思い切って言った。

「それはわたしも考えていたが、どうもその気になれなくてなあ。浜次のことを言い出せば、おゆきちゃんは泣くばかりだし」

「おゆきちゃんは浜次のこと、まだ諦《あきら》め切れないのね」

おいせはしんみりした声で言う。

「そりゃそうだよ。親の反対を押し切っておゆきちゃんは浜次と一緒になったんだから。浜次が寄場送りになった時は、さぞ、そら見たことかと両親に言われただろうよ。その後で瓢箪長屋の店賃も親に払って貰《もら》った。浜次が舞い戻っても、簡単には実家を出られなかったのさ。浜次が住まいを用意して、やり直そうと言ったのなら別さ。だが、は組の頭の家に居候したまんまだ。全く、あいつはどんつくだよ」

孫右衛門は前にも言った悪口を繰り返した。

「お前さん、おゆきちゃんの店で何かお菓子を買ってきて下さいな。この間、おかつちゃんが来た時に仏様にお供《そな》えした物まで持って行っちゃったのよ」

おいせは、暗におゆきに話をしに行けと言っていた。又兵衛は孫右衛門の顔を見た。だが孫右衛門は聞こえない振りをしている。ゴホンと咳払《せきばら》いすると、わかったよ、つき合えばいいんだろ、つき合えば、とやけのように孫右衛門は応えた。そう来なくては。又兵衛はにんまりと笑った。

三

品川町の通りに面した所におゆきの両親が営む菓子屋「宇田川《うだがわ》」がある。間口二間の狭い店だが、丁寧《ていねい》な菓子作りをすることで定評があった。

暖簾《のれん》を掻き分けて中へ入ると、土間口に絣《かすり》の小座蒲団を敷いた床几《しょうぎ》があり、その先に八畳ほどの店座敷が一段、高くなって続いている。正面の床の間には小さめの掛け軸と桃と菜の花を投げ入れた花瓶《かびん》が飾られていた。横の壁際には菓子簞笥《だんす》が置かれ、様々な菓子が収められている。

又兵衛と孫右衛門が訪れた時、間のよいことにおゆきが出てきた。おゆきは二人の顔を覚えているので、嬉《うれ》しそうな笑顔を見せた。年は若いが、笑うと目尻に小さな皺《しわ》ができる。

又兵衛はそれを見ると、なぜか憐《あわ》れなものを感じた。

「仏壇に供える菓子を買ってこいと、うちの奴に言われたんだよ。おゆきちゃん、日持ちがするものを何か見繕っておくれ」

又兵衛は気軽な口調で注文した。

「日持ちするものですか。それなら最中《もなか》か、落雁《らくがん》がよろしいでしょうか」

おゆきは少し思案顔をして応える。

「桜餅《さくらもち》は、まだ作っていないのかい」

孫右衛門は桜餅が好物なので、横から口を挟んだ。

「申し訳ありません。桜餅は来月の半《なか》ば過ぎから始めます。生菓子がよろしいのでしたら、求肥《ぎゅうひ》と白餡《しろあん》で作りました『初春《はつはる》』が見た目もきれいで、おいしいですよ。まずはお掛けになって下さいまし。お茶をお淹《い》れしますので」

おゆきは二人を床几に促し、菓子箪笥を開けて、薄紅色の菓子を取り出した。それを菓子皿にひとつずつ載《の》せて出してくれた。贔屓《ひいき》の客には、そうしてもてなすのが宇田川のやり方だった。梅を象《かたど》った菓子は大層可愛らしかった。

おゆきは店座敷の隅に置いてあった火鉢の傍へ行き、茶を淹れ始めた。折れそうに細い首を見つめながら、又兵衛はまた、憐れなものを感じた。身を寄せる実家があるといえども、これから息子を育てて行くのは容易でないと思うからだ。

「いや、うまいねえ。舌の上でとろけるようだよ。桜餅もいいが、わたしはこれも好みだ。おゆきちゃん、又さんとは別にわたしにも十《とお》ばかり包んでおくれ」

孫右衛門は味見して気に入ったらしい。ありがとう存じます、おゆきが振り向いて会釈《えしゃく》した。

「おれは最中を五つに、この菓子を五つ頼みますよ」

又兵衛もすかさず言った。おゆきは茶を出すと、経木《きょうぎ》に菓子を包み、宇田川の屋号の入った紙で包んで、それぞれに差し出した。

「幾らだね」

又兵衛は懐《ふところ》の紙入れを探りながら訊く。

「お二人とも、八十文になります」

「茶と菓子を振る舞って貰って恐縮だよ」

又兵衛はおゆきのもてなしに気分をよくして言う。

「いいえ。いつもご贔屓いただいておりますので、これぐらい……」

おゆきは言いながら代金を受け取った。

「ところで、昨日、は組の出初式は見物したのかい」

孫右衛門がいきなり訊いた。又兵衛は少し、ぎょっとした。もっとさり気なく切り出せないものだろうかと思った。

「ええ、伝蔵《でんぞう》に浜ちゃんが梯子乗りをしているところを見せたかったもので」

おゆきは、気後《きおく》れした表情ではあったが、素直に応えた。伝蔵はおゆきの息子の名前である。うちの人とも浜次さんとも言わず、浜ちゃんと呼んだことに又兵衛は胸をくすぐられたような気持ちだった。

「倅は浜次がてて親だというのを知っていたんだね」

孫右衛門は確かめるように訊いた。

「ご近所の方が伝蔵に、ほら、あれがお前のちゃんだと教えたんですよ。伝蔵はびっくりして、思わず声を張り上げたんですよ。でも、そのせいで浜ちゃんは最後にしくじってしまった。あたし、悪いことをしたなあと、浜ちゃんにすまない気持ちでいっぱいでしたよ」

どこまでも浜次を庇《かば》うおゆきがいじらしかった。

「差し出たことを言うが、おゆきちゃんは浜次とこれからどうするつもりなんだい。もうすぐ人別改めがあるんで、わたしも又さんも、どうしたものかと案じていたんだよ」

孫右衛門は茶を啜《すす》って言う。

「ご心配をお掛けして申し訳ありません。うちの両親は、とっくに浜ちゃんに見切りをつけているのですよ。人別改めの話があれば離縁したものとして届けるでしょう」

「おゆきちゃんはそれでいいのかい」

又兵衛は思わず声を荒らげた。

「浜ちゃんが人に怪我を負わせて寄場送りになった時、あの人は覚悟を決めたのですよ。もう、あたしと伝蔵とは一緒にいられないって。あたし、浜ちゃんの気持ちがよくわかりましたから、何も言いませんでしたけれど」

「おゆきちゃんの気持ちはどうなんだい？　見切りをつけられたのかい」

「仕方がないんです。あたしは浜ちゃんがいない間、実家にいるしかなかったんです。浜ちゃんの所に戻っても、結局は実家に無心することになると思います。それなら、このままでいるほうがいいのじゃないかと……仕方がないですね」

おゆきは仕方がないを繰り返し、そっと洟《はな》を啜った。

「そもそも、おゆきちゃんはどうしてあの浜次と一緒になったのか、おれはそこがよくわからないよ」

又兵衛は首を傾げた。

「ええ。皆さん、そうおっしゃいます。似合いの夫婦という言葉がありますが、あたし達、似合わない夫婦だったみたい」

おゆきはそこで、くすりと笑った。

おゆきが十六の頃、料理茶屋の息子につき纏われたという。その息子は家業をそっちのけで、女の後を追い掛ける遊び人だった。今は勘当《かんどう》されて行方が知れないが、その頃は親からせびった小遣いにものを言わせ、やりたい放題だった。息子の後ろには質《たち》のよくないごろつきがついていた。運の悪いことにおゆきは、その息子に眼をつけられたのだった。

「朝から晩まで店の周りをうろつくんですよ。あたし、遊び人は嫌いでしたから誘いには絶対に乗りませんでした。すると、仲間とつるんで嫌がらせを始めるようになりました。お菓子の中に髪の毛が入っていただの、小石が入っていただのと。うちのお父《と》っつぁんなんて半病人みたいになってしまったんです。そんな時に浜ちゃんが出てきて、相手を成敗《せいばい》してくれたんですよ」

「それでおゆきちゃんは浜次にくらくらっとなった訳だ」

孫右衛門は、にやにや笑いながら言う。おゆきは恥ずかしそうに袖《そで》で顔を覆《おお》った。

「あたし、浜ちゃんにお嫁さんにしてほしいと縋《すが》ったんですよ。うちの両親は反対しましたけれど、浜ちゃんしかあたしを守ってくれる人はいないと信じ込んでいたんです。一緒になって暮らしは大変でしたけど、浜ちゃんは優しかったし、伝蔵も生まれて、あたしは倖《しあわ》せでした。あの火事場のことが起きる前までは」

おゆきは遠くを見るような眼で言った。

「倅が、ちゃんと呼んだのを聞いて浜次はうろたえた。おゆきちゃん、そんな浜次をどう思ったんだい」

又兵衛は意気込んで訊いた。

「伝蔵のことは忘れていなかったんだなあと思いました。忘れていたら、あんなことで失敗なんてするもんですか」

「そうだよなあ。本当は浜次がこの家に入って、菓子職人の修業を積めばいいんだが。土手組にいたって先は見えないからね」

「浜ちゃんに菓子職人は無理ですよ。菓子職人は飴《あめ》を煮るだけじゃなく、きれいなお菓子を作るための工夫がいりますから。浜ちゃんは難しいことを考えるのが苦手なんです」

「どんつくだなあ」

孫右衛門が何気なく言うと、おゆきはその時だけ悔しそうに唇を噛《か》んだ。

新たな客が訪れたのを潮《しお》に又兵衛と孫右衛門は宇田川を出た。

「問題は金か……」

歩きながら孫右衛門は独《ひと》り言《ごと》のように呟《つぶや》いた。

「おゆきちゃんは浜次に対して、まだ情を感じているようだね」

又兵衛もおゆきの寂しそうな表情を思い返して言う。

「娘の頃と同様に可愛らしいよ。浜次じゃなくても誰でも嫁にしたいと思うはずだ。これは、あれだな。その内に後添《のちぞ》えの口が掛かるだろうよ」

おゆきと伝蔵が傍にいれば、それだけで浜次は倖せだと思う。だが、暮らしが立ち行かないのではどうしようもない。

「孫さん、浜次に菓子職人は無理だろうか。その気になって修業すれば五年後、十年後には立派な菓子職人になれるだろう。おゆきちゃんの両親だって安心するはずだ」

又兵衛はおゆきと浜次を何んとかしてやりたくて言った。

「宇田川はおゆきちゃんの兄貴が跡継ぎだが、妹の亭主が店を手伝ってくれるとなれば好都合だと思うよ。しかし、おゆきちゃんは、浜次に菓子職人は無理だと言った。おゆきちゃんは浜次の性格を知っている。多分、無理なんだろう」

「そうかなあ」

人間、心構えひとつで世の中はどうにでも変わると又兵衛は思っていたので、不甲斐《ふがい》ない浜次にいらいらした。一度、じっくり浜次と話をしなければならないと又兵衛は思っていた。

四

しかし、浜次と話をする機会はおいそれと巡ってこなかった。名主の近藤平左の手代《てだい》が人別の調査のために会所にやってきて、又兵衛もその手伝いに追われていたせいもあった。

浜次のことを気にしながらも徒《いたず》らに日は過ぎていた。

ところが月の半ばの真夜中に、江戸は少し大きな地震に見舞われた。激しい揺れに又兵衛は眼を覚《さ》まし、慌てて会所の戸を開けた。建物が歪《ゆが》んで戸が開かなくなることを危惧《きぐ》したのだ。開けた途端、向かいの家の屋根瓦《がわら》が落ちる音がした。幸い、地震はすぐに収まったが、又兵衛と同様に家から出てきた者は、口々に揺れの激しさを語っていた。場所によっては被害が出たかも知れないと、又兵衛は思ったが、朝になってみなければわからない。

中に戻ると、おいせは行灯《あんどん》に火を入れ、棚から落ちた薬箱やら、文箱《ふばこ》やらを片づけていた。来客用の湯呑《ゆのみ》も幾らか壊れてしまったらしい。

「この程度で済んでよかったですよ」

おいせはほっとしたように言う。

「まだ、安心はできん。明日は近所の様子を見てくるよ。ささ、片づけは明日にして、とり敢《あ》えず寝よう」

又兵衛はそう言って、蒲団に入った。

翌日、近所を回ると、堀留の道浄橋《どうじょうばし》の袂《たもと》の石垣が崩れ、赤土が剝《む》き出しになっていた。

堀に停留していた伝馬船《てんません》にも石垣の石が落ちて舳先《へさき》を損傷する被害が二、三、起きていた。その他、民家や商家の屋根瓦が落ちてしまった所も多かった。

堀の石垣を早急に補修しなければならないと又兵衛が考えていたところ、間もなく、町役人から達しがあり、は組の男達が補修に駆り出されるという。町役人とは町年寄をはじめ、家持《いえもち》、名主、家主《いえぬし》などを指し、奉行所の町方《まちかた》役人とは区別されている。駆り出された二十人ほどの男達の中に浜次も入っていた。工事の期間中、昼めしと四つ（午前十時頃）と八つ半（午後三時頃）の休憩時間は又兵衛の会所が使われることとなった。

工事の費用と職人の食事代は町費で賄《まかな》われる。又兵衛とおいせは職人達のために茶菓《さか》の用意をしなければならない。又兵衛は茶菓代を渡されると、品川町の宇田川へ人数分の菓子を毎日買いに行った。おゆきが店に出てきたが、その時、又兵衛は、浜次が堀留の工事をしていることは言わなかった。おゆきが息子を連れてやってくれれば、仕事の邪魔になると思ったからだ。梯子乗りで浜次がしくじりをしたことが、まだ頭に残っていた。

ただ、おゆきの後についてきた伝蔵を見た途端、又兵衛はひどく驚いた。男の子はたいてい、母親に似るものだが、伝蔵は何から何まで浜次とそっくりだった。伝蔵は浜次の雛形《ひながた》を見るようだった。

「浜次と、うり二つだね」

又兵衛がそう言うと、おゆきが嬉しそうに笑った。

「そうなんですよ。人を睨む目つきまでそっくりで、大人になったら浜ちゃんのように喧嘩っ早くなるのかなあって心配しているんですよ」

「おゆきちゃんが眼を光らせていれば大丈夫だよ」

「でも、年頃になったら女親の言うことなんて聞かないって、皆さん、おっしゃいますよ」

「そうだなあ。倅を叱るのは父親だからなあ」

又兵衛はそう応えたが、おゆきに縒りを戻せとは言わなかった。それは浜次が決めることで、他人の又兵衛がしつこく言うことではなかった。おゆきは毎日菓子を買ってくれる又兵衛に感謝して、代金より余分の菓子を包む。商売人はこうでなくては。又兵衛はおゆきの心遣いが嬉しかった。

おいせは気を利《き》かせて、昼刻に大鍋で味噌汁《みそしる》を拵《こしら》え、職人達に喜ばれた。

石垣は崩れた所だけ補修するのではなく、一旦、水際までの石垣を取り除き、改めて積み直すという。一時凌《しの》ぎでは、また地震に見舞われた時に崩れる恐れがあったからだ。工事はおよそ十日間の予定だった。

最初の内、浜次は会所で出される菓子が宇田川のものとは気づいていなかった。もっとも、いける口の浜次は菓子よりも酒のほうが好みだった。だが、菓子好きの職人の一人が「こりゃあ、品川町の宇田川の最中だな。どうりで味がいいと思った」と呟いてから、浜次は菓子鉢《ばち》に眼を向けるようになった。

何を考えていたのか、浜次の表情からはわからなかった。浜次は菓子に手を伸ばさなかった。伸ばし掛けて、慌てて引っ込めるというのを又兵衛は見ている。宇田川の菓子を食べるのは畏《おそ》れ多いとでも思っていたのだろうか。

そうして、工事は始まって十一日目の昼に無事終了した。石垣は古い石も使ったが、新たに運んだ石もあって、堀留の石垣は補修した所がくっきりとわかる。それを見て、又兵衛は清々《すがすが》しい気分だった。石垣でも家でも壊れた所をそのままにしているのが又兵衛は我慢できない性分である。あのまま放って置かれたら、毎日気になって仕方がなかっただろう。堀留の会所も又兵衛の管理しているせいで、羽目板《はめいた》の破れひとつなかった。

工事の期間中は職人達の世話に追われ、又兵衛とおいせも忙しかったが、明日から職人達が来ないとなると、おいせは何んだか寂しそうだった。

おいせの気を引き立てるために、たまに鰻屋《うなぎや》へ繰り出し、うまい鰻でも食べようかとおいせに話していた時、浜次がふらりと会所にやってきた。まだ午後の七つ（午後四時頃）ぐらいの時刻だったが、浜次は早くも一杯引っ掛けていた。工事が終わった安堵《あんど》感で仲間と飲んだのだろう。

「又兵衛さん、お内儀さん、この度は色々、お世話になりやした。お蔭様《かげさま》で工事も滞《とどこお》りなく終わりやした。うちの頭もお内儀さんも喜んでおりやした」

浜次は膝に手を置き、頭《こうべ》を低くして礼を述べた。

「いやいや、礼には及ばないよ。おれは会所を任されているんだから、皆の世話をするのも仕事なんだよ」

「ところで、酔った勢いで申し上げるんですが、気を悪くしねェでおくんなさい」

浜次は顔を上げ、ふと表情を変えた。その眼には怒りが感じられた。

「何んだね」

「工事の間、又兵衛さんは宇田川の菓子を出して下さいやした。他に菓子屋はごまんとあるのに、わざわざ宇田川の菓子を用意なすったのは、あっしに対するあてつけですかい」

浜次は思い掛けないことを言う。

「何を言ってる。そんなつもりは全くないよ。おれもうちの奴も宇田川を贔屓にしているのさ。考え過ぎだ」

「それにしたって、宇田川があっしの嬶《かか》ァの実家だってことはご存じでしょう。だったら、もう少し気を遣ってくれても罰《ばち》は当たらねェと思いやすが」

「おれが何んでお前に気を遣わなきゃならねェんだ。ふざけたことを言うな」

又兵衛も次第に腹が立っていた。浜次は座敷の縁《へり》に腰を掛けて又兵衛を睨む。

おいせは「あんた、酔っぱらっているね」と口を挟んだ。

「へい、酔っぱらっておりやすよ。酔っぱらっていなけりゃ、言い難《にく》いことも言えねェもんで」

「帰れ！」

又兵衛は声を荒らげた。

「お前のようなどんつくの話を聞いても始まらねェ」

「どんつくとはご挨拶ですね。悪たれだの、業晒《ごうさら》しはさんざん聞かされやしたが、どんつくは初めてですよ。そうですかい、あっしはどんつくですかい」

「おゆきちゃんはな、倅を育てながら宇田川で肩身の狭い思いをして暮らしているんだ。そんなおゆきちゃんの気持ちもわからず、お前は寄場から戻ると頭の所に居候したまんまだ。そのくせ、おれが宇田川の菓子を出したことには文句をつける。いったい、お前の頭ん中はどうなっているんだ」

「放《ほ》っといてくんな」

「おゆきちゃんと縒りを戻すつもりはないのか」

「あいにく、そんなつもりはこれっぽっちもありやせん。確かに寄場から戻った時は、嬶ァや実家の親に顔向けできねェので、他の仕事を探そうと思いやしたよ。だが、は組の頭が行く所がないなら、自分の家に来いと勧めてくれたんで、お言葉に甘えた次第ですよ。結句、手前は鳶職の仕事しかできねェ男ですからね」

浜次は自嘲《じちょう》的に言う。

「女房と子供を養う器量はないと言うのか」

「嬶ァにも倅にも貧乏暮らしはさせたくありやせん。二人が宇田川の世話になっているほうが倖せなんですよ」

「おゆきちゃんに後添えの口が掛かっても、あんたは黙って見ているのね」

おいせはたまらず口を挟んだ。

「後添え？　んなこたァ……」

言いながら、浜次の視線が泳いだ。そんなことは考えたこともなかったらしい。

「でも、おゆきちゃんはまだ若い。先のことを考えたら、宇田川のご両親は、いいお話があれば勧めると思いますよ」

「嬶ァと倅を可愛がってくれる人なら、あっしは口出し致しやせん」

浜次はそう応えたが、声音《こわね》は低かった。

「本当ね。今の言葉、あたし、しっかり聞きましたからね」

おいせは念を押す。

「そいじゃ、人別改めの時は、お前とおゆきちゃんは離縁したものとしてお上に届けるよ。いいんだね」

又兵衛もおいせの言葉に言い添えた。途端、浜次が眼を剝いた。

「何んでェ、その言い種《ぐさ》は。人の弱みにつけ込んで、二人ともそんなにあっしを苛《いじ》めておもしろいのか！」

浜次は声を荒らげた。

「おゆきちゃんは今でもお前を案じている。男なら貧乏でも養ってやると言えねェのか」

又兵衛も激昂《げっこう》した声を上げる。

「あっしの気持ちは他人様《ひとさま》にはわかりやせんよ。あい、お邪魔致しやした。また地震が来るかも知れねェんで、くれぐれも気をつけておくんなさい」

浜次はそう言って会所を出て行った。

「駄目だな、あいつは」

又兵衛はため息交じりに言った。

「縒りを戻す気はないようですね。ああ、情けない」

おいせも浜次にはいらいらしていた。浜次に決心を固めさせるにはどうしたらよいのか、又兵衛もおいせもわからなかった。なまじ意地があるので、一度こうと決めたら簡単には翻《ひるがえ》せないのだろう。自分できまりを作り、窮屈《きゅうくつ》に生きている浜次が、おゆきと別の意味で又兵衛は憐れに思えた。

五

おゆきに後添えの話が持ち上がったのは、それから間もなくのことだった。鎌《かま》倉河岸《くらがし》にある菓子屋の主《あるじ》が女房を病で亡くしてから、ずっとやもめでいた。年は四十を過ぎていたが、娘はすでに嫁に行っていた。伝蔵を連れて後添えに入ることも構わないと言っているそうだ。宇田川とは同業なので、おゆきも店の手伝いがしやすいだろう。宇田川の両親は大喜びで縁談に飛びついた。

おゆきは浜次に未練を残していたが、伝蔵のためだと諭《さと》されたら、いやとは言えないらしかった。又兵衛はその話を孫右衛門から聞いた。月が替わり、雪もおおかたは解けた。

しかし、梅見の話題が出るには少し早いようだ。吹く風はまだ冷たかった。

「そうかい。まあ、仕方がないね。浜次が当てにならないんだから、おゆきちゃんも決心するしかないだろう」

又兵衛も諦めたような口調で言った。

「なに、人生は長いんだ。おゆきちゃんが浜次と暮らしたのは、たった二年ほどだ。これから『桔梗屋《ききょうや》』で新たな暮らしを始めれば、浜次とのことはなかったも同然になるよ」

孫右衛門はさばさばした表情で言った。桔梗屋は縁談が持ち上がった相手の屋号だった。

「それでも何んだか割り切れない思いだよ。その話が浜次に知れたら、奴は荒れるだろう」

「構うものか。ぐずぐずしているからこんなざまになるんだ。悔しいと思うんだったら、その前に手前《てめ》ェが何んとかすればよかったのよ。それもできないくせに」

「桔梗屋さんは、いい人なんですか」

おいせは確かめるように孫右衛門に訊く。

「商売熱心な男だよ。先代が振り売りの団子屋から身を起こした男だから、親の苦労は見ている。身代《しんだい》は先代の頃より、ひと回りも大きくなったと言われていますよ」

「そうですか。食べる心配はしなくてよさそうですね」

「ああ、その心配はない。ただ、この話が持ち上がると、桔梗屋の主は、これからは宇田川さんと一緒に菓子作りをして行きましょうと言ったらしい。おゆきちゃんのてて親は少し驚いたそうだ。娘が嫁に行った先が菓子屋だからって、何も商売を一緒にすることはないだろうってね」

「桔梗屋さんは宇田川を乗っ取る魂胆《こんたん》でもしているのかしらね」

何気なく言ったおいせの言葉に又兵衛は、はっとした。悪い予感がした。

「桔梗屋の菓子はうまいのかい」

さして気にしている様子のない孫右衛門に又兵衛は訊いた。

「ん？」

「だから、桔梗屋の菓子の味はどうなのかと訊いているんだよ」

「ああ……あそこは盆菓子と、正月の口取り用の菓子、それに葬式饅頭《まんじゅう》で持っているようなものだ。菓子屋組合では中堅の幹部だから贔屓の客を摑《つか》んでいるのさ」

「普通の客が好みそうな菓子は作っているのかい」

「羊羹《ようかん》は評判がいいらしい」

「そいじゃ、宇田川で作る菓子を桔梗屋が店に置くってことも主は考えているのかも知れないな」

「そうだろうか」

孫右衛門は思案顔をしたが、考えられないことではなかった。

「桔梗屋がおゆきちゃんにどうにかしろと詰め寄ったら、おゆきちゃんは断れないでしょうね」

おいせは心配そうに言った。

「孫さん、宇田川の旦那とお内儀さんに、そこんところをよく考えろと口添えしてくれよ」

「わ、わたしが？」

「ああ。もしもということもある。おゆきちゃんが桔梗屋に入ってから失敗したと後悔しても始まらないよ」

「まあ、そうだな。言うだけ言ってみるか」

孫右衛門はようやくその気になってくれた。

孫右衛門が宇田川にその話をしに行った辺りから、おゆきが桔梗屋に後添えに入る話が近所でも噂になった。又兵衛とおいせの心配は世間の人々も感じていたようで、その内に宇田川は桔梗屋の出店《でだな》（支店）になるだろうと口々に話しているという。おゆきの兄はそれを聞いて怒り、この縁談を反古《ほご》にすると息巻いたが、おゆきの父親は組合の長《おさ》が仲人《なこうど》となるので、むげに断ることもできずにいた。

おゆきはそんな中、小さな胸を痛めているようで、又兵衛は気の毒だった。

事件は世間の噂に拘《かか》わらず、祝言の方向に傾いた頃に起きた。浜次が桔梗屋の主の新兵衛《しんべえ》を殴り、怪我を負わせてしまった。人足寄場送りとなったのと同じことを繰り返したのだ。

場所は鎌倉河岸の近くの居酒見世《いざかみせ》だった。

新兵衛は同業の友人とそこで酒を飲んでいた。浜次はおゆきと桔梗屋の噂を聞くと、それとなく新兵衛の素行を探っていたらしい。悪い噂も耳にしていたから黙っていることができなかったのだろう。

驚いたことに新兵衛には長年、面倒を見ている女がいた。その女は以前、居酒見世の酌婦をしていたので、桔梗屋に入れるには及び腰だったという。おゆきを後添えにしても、その女と切れるつもりはなかった。加えて宇田川の菓子は新兵衛にとって魅力だった。商売をさらに拡《ひろ》げるためにもおゆきとの縁談を進める必要があったのだ。邪魔な伝蔵は八歳ぐらいになったら、さっさと他の店に奉公に出す考えでいたらしい。

浜次は新兵衛が得意そうに友人に話しているのを聞いて胸に火が点《つ》いた。新兵衛に利用されるおゆきが不憫《ふびん》でたまらなかったのだ。

足腰立たないほど新兵衛を殴りつけた浜次は、間もなく土地の岡っ引きにしょっ引かれた。事態を重く見た奉行所は浜次に所払《ところばら》いの沙汰を下した。

宇田川のおゆきの父親と兄は浜次の行為を悪く思わなかった。それもこれもおゆきの為だと思えば、浜次を不憫《ふびん》に思うばかりだった。

おゆきの兄は木更津《きさらづ》で漁の合間に菓子屋を営む友人に繋《つな》ぎをつけ、浜次の面倒を見て貰うことにした。そこで浜次が菓子職人の修業を積み、一人前になったら、畏れながらと奉行所に浜次の沙汰を取り下げるよう懇願《こんがん》するつもりでもいた。しかし、その年月は、五年か十年か、又兵衛には予想もつかない。

鳶職しかできない浜次が果たして了簡《りょうけん》を入れ換えるのかどうかもわからなかった。

行徳河岸《ぎょうとくがし》から木更津行きの船に乗る時、おゆきは伝蔵と一緒に浜次を見送った。もちろん、又兵衛とおいせ、孫右衛門、は組の頭とお内儀のおすみ、土手組も大勢、見送りに来た。土手組は木遣り節を唸《うな》って景気をつけた。

「ちゃん!」

伝蔵が大声で叫ぶ。その声に女達は貰い泣きせずにはいられなかった。

「あっしはまだ、お前ェのちゃんじゃねェ。よその小父《おじ》さんと呼びな」

浜次は吐き捨てるように言った。

「どんつく……」

孫右衛門は独り言のように呟《つぶや》いた。

「抱き締めてやんな。当分、また顔を見られねェからよ」

又兵衛はそう言った。その拍子に浜次の顔が歪《ゆが》んだ。涙を堪《こら》えたその顔はめちゃくちゃで、こんな場面でなかったら噴き出していただろう。

「勘弁しておくんなせェ。今のあっしにゃ、できない相談だ」

浜次はくぐもった声で言う。

「浜ちゃん、あたし、待っているから」

おゆきは健気《けなげ》に声を掛けた。浜次はぐっと唇を噛んで空を仰《あお》いだ。薄曇りの空が頭上に拡がっていた。木遣り節がやかましいぐらいに響く。しかし、浜次は突然、鮎唄をうたい出した。うたいながら見送る人々に頭を下げ、船に乗り込んだ。

船は浜次が乗り込むと岸を離れた。浜次は空を見上げながら鮎唄をうたい続けた。

「どんつく」

又兵衛と孫右衛門の声が重なった。

行徳河岸の帰り道、又兵衛とおいせの気持ちは重く沈んでいた。それは孫右衛門も同じだったらしい。

「ちょいと飲むかい」

又兵衛は気軽に孫右衛門に言った。

「いや、いい。悪い酒になりそうだから」

「そうだな」

又兵衛は力なく相槌《あいづち》を打った。そのまま二人は黙ったまま会所に向かって歩き続けた。

会所の外に羽織姿の若い男が立っていた。又兵衛に気づくと笑顔で手を挙《あ》げた。次男の清兵衛だった。又兵衛の帰りを待っていたらしい。

「堀留町に来るなんて、どうした風の吹き回しだろうな」

又兵衛はつい、皮肉な言い方になる。清兵衛は父親に応えるより先に孫右衛門へ、どうもご無沙汰《ぶさた》しておりました、父がいつもお世話になり、ありがとうございます、と挨拶した。

「清ちゃん、すっかり材木問屋の若旦那が板についたねえ。立派だよ」

孫右衛門は清兵衛の成長に眼を細めて言う。

清兵衛は木場《きば》の材木問屋「檜屋《ひのきや》」の婿《むこ》養子だった。

「で、今日は何んだ。遅ればせながら新年の挨拶かい」

「違うよ。倅が生まれたんで、お父っつぁんに見せに来たのさ」

「え？　いつ生まれたんだ。おれは何も聞いてないぞ」

又兵衛は驚いた声を上げた。

「伊豆屋の兄さんには知らせたから、そっちから連絡が行ったものと思っていたけど……」

「正月におかつが来た時も何も言っていなかったぞ」

「ごめん、おかつにもまだ言っていなかった」

「檜屋の親父さんは跡取りの孫が生まれたのにお前の実家から祝儀《しゅうぎ》が届かないと、さぞ気を揉《も》んでいただろう。お前が忙しいなら、若い衆《しゅう》でも寄こしたらいいだろうに」

「あいにく仕事が立て込んで、そんな暇もなかったのさ」

「そいじゃ、今日も、さっさと帰るのか？」

「いや。ようやく店も落ち着いたし、おゆみも赤ん坊を抱えて木場に戻るのは大変だから、今夜は泊まって行くよ。いいかい」

「いいとも」

又兵衛は力んだ声で言う。おゆみは清兵衛の女房の名前で、まだ二十歳である。もっとも清兵衛だって二十代の若者だった。

「孫さん、めでたいことになった。お前も晩めしをつき合え」

「いや、今夜ぐらい親子水いらずで過ごすのがいいよ」

孫右衛門は遠慮する。

「小父さん、用事がなかったらつき合って下さいよ。おいらも小父さんと話をするのは久しぶりだし」

清兵衛は如才《じょさい》なく勧めた。

「そ、そうかい。それじゃ、お言葉に甘えて」

孫右衛門は嬉しそうに応えた。

「あら、又兵衛さん。そちらは息子さんですか」

伝蔵の手を引いて歩いてきたおゆきが声を掛けた。

「おゆきちゃん、おれの倅だとすぐにわかったのかい」

「ええ。又兵衛さんとよく似ておりますもの。伝蔵、ご挨拶して。又兵衛さんの息子さんよ」

おゆきに促されて、伝蔵は面倒臭そうにぺこりと頭を下げた。清兵衛も「お利《り》口《こう》さんだね」と応える。

「おゆきちゃん、倅は今夜泊まって行くそうだ。孫の誕生祝いをするつもりだから、どうだろう。あんたも伝蔵と一緒につき合っておくれよ。ついでに泊まっても構わないよ。なに、部屋は幾らでもあるから」

又兵衛がそう言うと、おゆきは驚いたように眼をみはった。それから、よろしいんですか、と訊く。

「もちろんだよ」

「あたし、お店の仕事が忙しくて、伝蔵をどこへも連れて行ったことがないんです。本当ならとても嬉しい」

「本当だよ。祝いは賑やかなほうがいいからね」

「あたし、大急ぎで伝蔵の着替えなど、用意をしてきます」

「伝蔵、何が喰いたい。鰻か？　寿司か？」

又兵衛が訊くと、伝蔵は、活《い》きのいい刺身《さしみ》と応えた。おゆきは恥ずかしそうに、これッ、と制した。

「わかった、わかった。お望み通り用意するよ。宇田川のじいちゃん、ばあちゃんに今夜は会所に泊まると言うんだぞ」

「うん」

伝蔵は嬉しそうに笑顔を見せた。おゆきと伝蔵が去って行くと、孫右衛門も、ちょっと家に寄って、今夜のことを知らせると言った。

場合によってはお春も連れてくると言い添えた。

それから又兵衛は孫の顔をじっくり見る前に魚屋、鰻屋、寿司屋などに晩めしのご馳走《ちそう》を注文して回った。

孫の幹太《かんた》は乳を飲んでは眠り、おむつを取り替えては眠りと、寝てばかりで手が掛からない赤ん坊だった。時々、広い会所の座敷を走り回る伝蔵の足音に薄目を開ける程度である。おゆきは手土産《てみやげ》に宇田川の菓子を山ほど携えてきておゆみを喜ばせた。

「しかし、利兵衛の奴、どうして清兵衛に子供が生まれたのを知らせなかったのかな」

又兵衛は薄情な長男に少し腹を立てていた。

「伊豆屋のお兄さんはお忙しいですから」

菜の花のように可愛らしいおゆみは利兵衛を庇《かば》った。

「檜屋が繁昌しているから悋気《りんき》(嫉妬《しっと》)を起こしているのさ」

清兵衛はあっさりと言う。

「まあ、伊豆屋より檜屋のほうが材木商としては格が上だ。悋気を起こしたところで始まらないよ」

又兵衛もさり気なく応える。

「それに兄貴の所は娘ばかりだから、こっちに男の子が生まれたから、なおさら悔しいのさ」

清兵衛はさもいい気味だと言わんばかりに言う。昔からこの兄弟はあまり仲がよくない。

「清兵衛さん。子供は男でも女でも、どちらでもいいと思いますよ。どちらにもそれぞれ、いいところがありますもの。あたしは浜ちゃんに娘を作って貰いたかったですよ」

おゆきは臆面《おくめん》もなく、そんなことを言う。

「おやおや」

おいせが笑った。

「幹太が生まれて、これで檜屋の跡継ぎができたと、一時はほっとしましたけれど、あたしも本当は娘がほしいの」

おゆみもおゆきに同調するように言った。

それから二人は、娘にはこんな恰好《かっこう》をさせたいの、習い事は琴や茶の湯をさせたいのと話を弾ませた。

又兵衛は孫右衛門に酌をしながら、時々、生まれたての幹太に眼を向けた。こいつが一人前になるまで生きていられるだろうかと思う。血の繋がった孫である。可愛くない訳がない。

しかし、少し酒の酔いが回ると、又兵衛は浜次のことが、ふと思い出された。

木更津の最初の夜を浜次はどんな気持ちで過ごしているだろうか。目の前におゆきと伝蔵がいたから、なおさらそう思えるのだろう。

無事に帰ってきてほしい。又兵衛の思いはひとつだった。鮎唄をやけのようにうたった浜次が忘れられない。

「誰も悪くないんだ、誰も」

又兵衛は独り言のように呟いた。

「お父っつぁん、酔ったのかい」

清兵衛が心配そうに呟いた。

「いいか、清兵衛。おゆみちゃんと幹太を守るんだぞ。離縁は決してするんじゃねェ」

「あ、ああ」

清兵衛は訳もわからず応える。

「又兵衛さん、あたしも浜ちゃんとは離縁しません」

おゆきがやけに大きな声で言った。

又兵衛は、そうかい、と肯《うなず》いたが、たまらず咽《むせ》んだ。

「あら、雨になったみたいだよ」

おいせが外に耳を澄まして言った。

「涙雨かい」

呑気《のんき》な清兵衛の言葉に、又兵衛は思わず、このどんつくと吐き捨てた。孫右衛門は、ぐふっと噴いた。

女《じょ》丈《じょう》夫《ふ》

一

町内の人別《にんべつ》（戸籍）改《あらた》めの作業も終わり、日本橋堀留町《にほんばしほりどめちょう》の会所《かいしょ》にいる又兵衛も久しぶりにのんびりした毎日を過ごしていた。堀留町では人の移動がさほどなかったが、孫右衛門が大家（差配《さはい》）をしている大伝馬町界隈《おおてんまちょうかいわい》は夜逃げした商家や、行方知れずとなった者がいて、その処置に手間取っている様子だった。孫右衛門は瓢簞長屋《ひょうたんながや》と呼ばれる裏店《うらだな》の管理を任《まか》されている。差配は町役人《ちょうやくにん》と一緒に町内の仕事をあれこれとこなすので、人別改めにもそれとなく加わっていた。

借金取りから逃《のが》れるために夜逃げする者は、人別の手続きなどしない。そんなことをしたら借金取りがすぐに嗅《か》ぎつけるだろう。だが、誰も知らない土地で新たに生計を立てるにせよ、人別の手続きをしなければ無宿者《むしゅくもの》の扱いになる。町奉行所の手入れがあれば、しょっ引かれる恐れもあった。無宿者は犯罪に繋《つな》がる場合が多いので、奉行所も取り締まりに力を入れるのだ。

堀留町の人別改めは又兵衛のいる会所で行なわれた。名主《なぬし》の手代が訪れて、去年の人別帳を参考に町内の人の移動を詳しく調べ、新たに今年の人別帳を作成しなければならない。

人別帳は三冊作り、二冊は南北両奉行所に提出し、残りの一冊は名主の手許《てもと》に置かれる。

名主は人別帳を奉行所に提出した後も人の移動があれば書き付ける。そのお蔭《かげ》で江戸府内に無宿者の存在は表向き、ないということになる。

人別改めの作業を間近に見るようになって、又兵衛は夜逃げや行方を晦《くら》ます者の扱いが身分によって違うことを知った。武士ならば出奔《しゅっぽん》、町人ならば欠《か》け落《お》ち、農民は逃散《ちょうさん》という言葉が遣《つか》われる。欠け落ちは道ならぬ恋路に陥《おちい》った男女が手に手を取り合って他国へ逃げることだと又兵衛は思っていたが、そればかりでなく、行く先を告げずに姿を消す町人はすべて欠け落ちとなるのだった。

新緑の江戸は吹く風も心地よく、町内を散歩する又兵衛にとってもよい季節だった。しかし、連れ合いのおいせは、毎年、この季節に体調を崩す。床《とこ》に臥《ふ》せるまではないが、眼がしょぼつき、鼻水が止まらなくなる。

孫右衛門の女房のお春が到来物の青菜を届けに来た時も、おいせは手巾《しゅきん》で盛んに鼻水を拭《ぬぐ》っていた。鼻紙では間に合わないのだ。

「お医者さんに診《み》て貰《もら》ったらどうですか。何か薬があると思うのだけど」

お春は心配そうに言う。

「もう何日か経《た》てば治まりますよ。毎年のことですからね」

おいせは、さして気にするふうもなく応《こた》えた。

「以前に芍薬《しゃくやく》でも同じような症状になったと聞きましたけど」

お春は思い出して言った。あれは又兵衛が町内に住む花好きの隠居から貰ってきたものだった。

「ああ、あの時もひどかった。咳《せき》が止まらなくて。うちの人は芍薬が好きなものだから、捨ててと頼んでも言う通りにしてくれなかったんですよ。いただいた人に悪いって。それで喧嘩《けんか》になっちまいましたよ」

おいせは眉間《みけん》に皺《しわ》を寄せた。傍《そば》で二人の話を聞いていた又兵衛は、むっとした表情でおいせを睨《にら》んだ。おいせの症状がひどかったので、渋々《しぶしぶ》、芍薬を捨てると、途端《とたん》においせは何事もなかったように元気になった。おいせは百合《ゆり》の花でも同じような症状になる。

「芍薬や百合で具合を悪くするんじゃ、花屋はどうする」

又兵衛は屁理屈《へりくつ》をこねた。

「おあいにく。あたしは花屋じゃありませんから」

おいせも負けずに言い返す。その様子が可笑《おか》しかったのか、お春は声を上げて笑った。

「二人とも言いたいことが言えて、いいご夫婦ですよ。うちもおんなじ。うちの人が勝手なことをすれば、あたしも黙ってなんかいませんよ」

「え？　お春さんも孫さんに文句を言うことがあるのかい」

又兵衛は驚いた顔で訊《き》く。孫右衛門は温厚な男だが、お春も亭主の言うことを何《な》んでも聞くおとなしい女だと思っていたのだ。

「当たり前ですよ。亭主はね、時々、文句を言わなきゃ、糸の切れた凧《たこ》みたいにどこまでも飛んで行ってしまうものですよ」

「本当だ」

おいせは嬉《うれ》しそうに相槌《あいづち》を打った。又兵衛は鼻白《はなじろ》んで黙った。

「でもね、『甲州屋《こうしゅうや》』のおみささんのように二六時中、亭主を怒鳴り散らしているのもどうかと思いますよ」

お春はため息交じりに言う。甲州屋とは伊勢町《いせちょう》にある口入れ屋《くちいれや》（周旋業《しゅうせんぎょう》）のことだった。

若お内儀《かみ》のおみさは、二十五歳で、甲州屋の一人娘だった。おみさの父親が十年前に亡くなってから、母親を助けて商売を続けてきた。十五、六歳から一丁前に商売をしなければならなかったおみさの苦労は並大抵でなかっただろう。若くて頼りにならないと言われないように、おみさは精一杯踏ん張ったのだ。三十女でも着ない地味な着物に身を包み、化粧気のない顔で口入れ屋の寄合にも一人で出かけ、甲州屋の不利になるようなことが少しでもあれば、おめず臆《おく》せず談判《だんぱん》した。

そのお蔭で甲州屋は今日まで見世《みせ》の事情で奉公人に暇《いとま》を取らせることなく商売を続けられたとも言える。

おみさの気性の激しさは年を重ねるごとに嵩《こう》じて行った。ただし、商売となると、よその見世よりきめ細かく面倒を見るので、甲州屋に信頼を置く客は多い。

おみさは十九歳の時、同業の見世の三男坊を婿《むこ》養子に迎えた。新三郎《しんざぶろう》はおみさと性格が正反対のおとなしい男で、おみさより十《とお》ほど年上だった。おみさと新三郎が仲睦《なかむつ》まじく見えたのは祝言《しゅうげん》を挙《あ》げてひと月ばかりの間だったろう。やがて、おみさは亭主の新三郎にも遠慮会釈《えしゃく》のない態度を取るようになった。

新三郎が商売の失態でも演じようものなら、「何考えているんだえ。少しは頭を使ったらどうなんだ」と激しく罵《ののし》った。おみさの言うことはもっともだが、仮にも亭主なのだから、人の見ている前で口汚く罵ることはないと又兵衛も思っている。

おみさは体格がよく、鼻筋も通っており、見ようによっては美人の類《たぐい》になるだろう。押し出しのよさも相当で、近所の人々は女丈夫《じょじょうふ》と噂《うわさ》していた。その言葉はよい意味でも、悪い意味でも、おみさにぴたりと当て嵌《は》まっていた。

「今朝だって、ここへ来る前、小間物屋のおしげさんの所にも青物を置いてきたんですが、その帰りに甲州屋さんの前を通ったら、旦那さんがおみささんに怒鳴られておりましたよ。何考えている、というのは、あの人の口癖《くちぐせ》ですね。あたしだって、自分のやっていることにそんなことを言われたら、どうしていいかわからなくなりますよ。旦那さんがお気の毒ですよ」

お春は新三郎に同情を寄せているようだ。

それは又兵衛も同じ気持ちだった。

「困ったもんだなあ」

又兵衛はそう言って、深いため息をついた。

「おとなしい旦那さんは、その内、よそにいい人を見つけるかも知れませんね。甲州屋にいたんじゃ、気の休まる隙《ひま》もないでしょうから」

おいせは心配そうに言う。

「あたしもそれは考えていましたよ。さあ、そうなったら修羅場《しゅらば》だ。血の雨が降るかも知れませんよ」

「おいおい、お春さん、穏《おだ》やかじゃないことは言いなさんな」

又兵衛はお春を制した。お春は肩を竦《すく》めておいせと顔を見合わせた。そうなることを待っているような二人の表情でもあった。

「旦那さんとおみささんの間には、五つになる娘さんがいますけど、おみささんは跡継ぎの男の子をほしがっているんですって。でも、母親のお内儀さんは、あの様子じゃ無理だろうと、おしげさんの見世に来た時に言っていたそうですよ。幸い、お内儀さんは旦那さんに気を遣っている様子で、おみささんに叱《しか》られると、五つのお孫さんと一緒に慰《なぐさ》めているんですって。それがあるから、旦那さんも何んとか甲州屋に留《とど》まっているんですよ」

お春は訳知り顔で言う。

「誰かおみささんに意見する人はいないんだろうか」

又兵衛も次第に腹が立っていた。

「いたとしても、おみささんにはっきり言えませんよ。じろりと睨まれたら野良犬だって尻尾《しっぽ》を巻いて逃げるそうですから」

お春の口調は大袈裟《おおげさ》になって行く。

（女丈夫か……）

又兵衛は、その言葉を胸で呟《つぶや》いた。

しかし、他人様《ひとさま》の家の中のことに又兵衛が口を挟《はさ》めるはずもない。おみさの流儀で甲州屋が今まで続いてきたのだから、これからだって続くだろうと思うよりほかはなかった。

二

堀留町の「おった」は又兵衛と孫右衛門が時々通う居酒見世である。おかみのおったは二人と同じ年頃のせいもあって話が合った。

おったは小太りでよく笑う女である。おったの笑い声を聞いていると鬱陶《うっとう》しいものが、ぱっと消えるような気がした。

ようやく大伝馬町の人別改めにけりがつくと、又兵衛は孫右衛門の労をねぎらうためにおったに誘った。ちろりの酒を注《つ》ぎ合い、おった自慢の里芋《さといも》の煮っころがしや、青柳《あおやぎ》（ばか貝）の酢の物で一杯やるのが二人の楽しみでもあった。

おつたは間口二間（約三・六メートル）の狭い見世で、板場をぐるりと飯台《はんだい》で囲っている。しんみり話をしたい客には小上《こあ》がりもあるが、そちらに座る客は滅《めっ》多《た》にいなかった。

夕方、縄暖簾《なわのれん》を搔《か》き分《わ》けると、飯台の前には先客がいた。最初は誰か気づかなかったが、孫右衛門が「おや、甲州屋の旦那。やけに早いお越しじゃないですか」と声を掛けたので、又兵衛も新三郎だとわかった。お春から甲州屋の話を聞いてから、さほど日にちは経っていなかった。

新三郎は鉄紺《てつこん》色の袷《あわせ》に対《つい》の羽織を重ね、見た目はすっきりした恰好《かっこう》だった。孫右衛門の声に振り向いた新三郎は、やあ、大伝馬町の大家さんに会所の又兵衛さんじゃねェですか、と嬉しそうに笑った。しかし、おみさに比べると呆《あき》れるほど覇気《はき》が感じられなかった。頭はきれいに撫《な》でつけられているが、髭《ひげ》の濃い質《たち》らしく、その時刻になると、鼻の下や揉《も》み上げの辺りが黒ずんでくる。おまけに鼻の頭は陽灼《ひや》けなのか、酒のせいなのか赤らんでいた。金壺眼《かなつぼまなこ》が落ち着きなくきょろきょろ動く。仮にも甲州屋の主なら、もうちょっと、どんと構えていてもよさそうなものだが、始終おみさに怒鳴られているせいで、縮《ちぢ》こまった態度になってしまったようだ。

又兵衛は酒臭い息をして見世に戻ったら、またおみさに怒鳴られるのではないかと、内心で心配していた。

「大丈夫かい、今から酒なんて飲んで」

しかし、孫右衛門は、ずけずけと言った。又兵衛は慌てて孫右衛門の脇腹を肘《ひじ》で突いた。

「余計なことは言うな」

「何んだよ、痛《い》ェ《て》な。この見世は旦那が一番寛《くつろ》げる場所なんだ。言いたいことを言っていいのさ。ね、旦那」

孫右衛門は意に介するふうもない。

おつたがその拍子にガハハと笑い声を立てた。小太りでもっ、さりした感じの女だが、客あしらいには定評がある。

「その通りですよ、大家さん。今日は尾張町《おわりちよう》まで行ってきたんですが、用が足りませんでした。どうせ、うちの奴が怒るんだから、その前に一杯引っ掛けたい気分になりましてね。ここのおかみさんの顔を見ると、ほっとするんですよ」

新三郎は色の悪い歯茎《はぐき》を見せて力なく笑った。

「若お内儀さんに追い出されたら、うちへおいでと言ってるんですよ。あたしはほら、亭主もいない気楽な独り暮《ひと》らしですからね」

おつたは冗談交じりに言う。おつたには二人の娘がいるが、それぞれ、よそに片づいていた。長女は母親を心配して一緒に住もうと言っているらしいが、足腰が丈夫な内は誰にも頼りたくないと言って、その申し出を断ったという。なかなか健気《けなげ》な女である。

新三郎の横に孫右衛門と又兵衛が腰を下ろすと、酒の燗《かん》がつく間、新三郎は二人の猪口《ちょこ》に自分の酒を注いでくれた。なかなか気のつく男である。

「毎度、おみささんに怒鳴られているんじゃたまらねェでしょう。たまにゃ、張り飛ばしてやったらどうですか」

又兵衛はそんなことを言った。それには孫右衛門が驚いた顔をした。

「又さん、それはちょいと言い過ぎだ」

「そうかな。おれだったらそうするが」

「又兵衛さん、わたしもよほど、そうしたい時がありますよ。でもね、私は入り婿だ。そんなことをした日には、うちの奴は出て行けと怒鳴りますよ。出て行ったところで、実家の親父とお袋はすでに死んでいるんで、わたしの居場所はないんですよ。兄貴は、わたしと同じで嫁さんに頭が上がりませんしねえ。それに、お袋が死んだ時は、うちの奴が何も彼《か》も取り仕切ってくれた。お蔭でまともな弔《とむら》いを出せました。お袋は二年寝ついて死にましたが、その間に薬料が嵩《かさ》み、兄貴の所は弔いをする金もろくになかったんですよ」

新三郎は伏し目がちになって応える。

「なるほど、おみささんは、やることはやる人なんだね」

その時だけ、又兵衛は感心した。

「当たり前ですよ、又兵衛さん。うら若い娘の頃から若お内儀さんは見世と母親を助けてきたんだ。気配りだって相当なものですよ」

おつたはおみさの肩を持つように口を挟んだ。自分を奮《ふる》い立たせ、奉公人に指《さし》図《ず》して見世を守《も》り立てるには、女丈夫と呼ばれるほどの心意気がおみさには必要だったのだろう。

少しだけ又兵衛もおみさの気持ちがわかるような気がした。

「夫婦って何んでしょうね。一緒に暮らし、一緒にめしを喰って、子供を拵《こしら》え、滞《とどこお》りなく稼業を続けていればそれでいいんですかね」

苦《にが》い表情で猪口の酒を飲むと新三郎はそう言った。

「まあ、それが一番大事だが、その上で、そこはかとなく夫婦の情愛が感じられたら言うことはないでしょう」

孫右衛門は珍しく分別臭いことを言う。

「だな」

又兵衛も相槌を打った。おいせと口喧嘩しても心の奥底では信じているし、情も感じている。今ではおいせのいない暮らしなど、又兵衛には想像できなかった。

「うちは、その情愛ってものが不足しているような気がしますよ。それはうちの奴ばかりを責められない。わたしもうちの奴に女を感じなくなっているんですよ」

「こりゃ大変だ。おみささんはまだ二十五の女盛り。亭主のあんただって三十五の男盛りだろう。先は長いのだよ」

又兵衛は心配になった。その様子では夫婦が閨《ねや》を共にする機会も少ないような気がしたが、まさかそれを口にするのは憚《はばか》られた。

「野良猫だって春になりゃ盛《さか》りがつくというのに、甲州屋の旦那の所はその気配もないってことですか。ああ、気の毒だ」

おつたは大袈裟なため息をついた。又兵衛の言いたかったことを、おつたが代わりに言ってくれたようなものだった。新三郎は力のない苦笑を洩《も》らした。

ちろりの酒を飲み干すと、新三郎は切りよく腰を上げた。又兵衛と孫右衛門に、どうぞ、ごゆっくりと言う。

「え、もう帰るのかい。もう少しいたらどうですか」

孫右衛門は名残《なご》り惜しそうに引き留める。

「いや、うちの奴がいらいらしていると思いますので、これで引けますよ。また、ここでお会いするのを楽しみにしておりますから」

新三郎はそう言って、勘定を払った。その時に、ちろりの酒をひとつ、又兵衛と孫右衛門へ出すよう、おつたに言った。

「奢《おご》らせちゃ、気の毒だ。旦那、お構いなく」

又兵衛は遠慮して制した。

「いいんですよ、又兵衛さん。旦那は小遣いまで不自由しちゃいないから」

おつたは、ちゃっかり口を挟んだ。それから勘定を受け取ると、新三郎を外まで見送った。

「女房に負けるんじゃないよ」

おつたは大きな声で新三郎に景気をつける。

だが、見世に戻ってきたおつたは、途端に顔を曇らせた。

「亭主に泣かされる女房の話はざらにあるが、あの旦那は女房に泣かされている。全く、世の中だよ」

おつたは、そんなことを言った。

「おみささんにゃ、今に罰《ばち》が当たるよ。あんないい旦那をないがしろにしているんだから」

孫右衛門は憤《いきどお》った声で言った。

「罰が当たるは大袈裟だ。おみささんは、何も間違ったことはしていないよ。ただ、亭主に対して思いやりが足りないだけだ」

又兵衛は猪口の酒を口に運びながら応える。

「本当にねえ、もうちょっと優しくできないもんかねえ」

おつたもそう言って、また、ため息をついた。

その夜はそれで終わったが、甲州屋に戻った新三郎がおみさに怒鳴られたかどうかまではわからなかった。

三

四月の晦日《みそか》に又兵衛はおいせに頼まれて、両国広小路《りょうごくひろこうじ》の水茶屋、床見世《とこみせ》（住まいのつかない店）、葉茶屋《はぢゃや》に地代金《ちだいきん》の集金に出かけた。

おいせは父親から、その近辺の土地を遺産として受け取っている。両国広小路は、江戸では繁華な界隈なので、土地を借りて商売をする者が多く、おいせも何軒か人に貸し、地代金を取っていた。そのお蔭で又兵衛も人より余裕のある暮らしができるし、祝儀、不祝儀の金も滞りなく出せるのだ。

だが、おいせは金のある振りをするなと、いつも又兵衛に釘《くぎ》を刺す。他人から借金を申し込まれるのがいやなのだ。今まで、知り合いに工面《くめん》して、いやな思いをしたことが何度かあった。まことに借りる時の恵比須顔《えびすがお》、返す時の閻魔《えんま》顔とはよく言ったものだ。閻魔顔でも返してくれるのならいい。ないものはない、と開き直られるから困ってしまうのだ。

おいせは今後、他人には誰にも貸さないと覚悟を決めている。

首尾《しゅび》よく地代金を集め、おいせの好きな粟餅《あわもち》でも買って帰ろうかと思っていた時、又兵衛は両国広小路を女連れで歩く新三郎を見掛けた。ちょうど、軒《のき》を連《つら》ねる床見世の陰から見たので、新三郎は、又兵衛が見ていることには気づいていなかった。

連れの女は年の頃、三十そこそこぐらいで、新三郎の言葉に笑顔で応えている。新三郎は、おみさに業《ごう》を煮《に》やし、とうとう、よその女を見つけたのかとも考えたくなる。しかし、甲州屋は口入れ屋である。奉公先を探していた者に手頃な店を見つけて案内するところだったのではないかと思い直した。そうだ、それに違いない。又兵衛は悪い想像を無理にでも振り払おうとしていた。

堀留町の会所に戻ると、客が二人いた。一人は孫右衛門の女房のお春で、もう一人も同じような年頃の女だった。どこかで見掛けた顔だったが、すぐには思い出せなかった。

「お邪魔しておりますよ、又兵衛さん」

お春は如才《じょさい》なく挨拶《あいさつ》した。もう一人の女も遠慮がちに頭を下げた。

「お前さん、こちら、甲州屋のお内儀さんですよ」

おいせが言った途端、又兵衛は「えッ？」と驚いた顔になった。脳裏には両国広小路で見掛けた新三郎の姿がくるくると回っていた。

「お前さん、何か知っているの」

おいせは又兵衛の顔色を見ると、先回りして訊く。

「いや、甲州屋のお内儀さんがわざわざおいでになったんで、これは何かあったのかと、つい、悪いことを考えてしまってね」

又兵衛はとり繕《つくろ》うように笑顔で応えた。しかし、三人は笑わなかった。

「旦那が、ひょいと出て行ったきり、お戻りにならないそうなんですよ。お内儀さんが心配して、時々寄っていたおつたさんの見世に行くと、先日、うちの人と又兵衛さんが甲州屋の旦那と一緒に飲んでいたという話をされたそうです。それでお内儀さんは、何か手懸《てが》かりでもないかとうちへ見えて、それからここに来たという訳ですよ」

お春は事情を説明した。

「孫さんは何んと言った」

又兵衛は孫右衛門の話が気になった。

「あいにく用事ができて留守にしておりましてね、孫に大伝馬町の自身番に行って、うちの人へここに来るよう、言《こと》づけを頼んだんですよ。おっつけ、やってくると思いますけど」

「ご迷惑をお掛けします。新三郎さんが黙って見世を空《あ》けるなんて初めてのことなんですよ。娘は新三郎さんが勝手に出て行ったんだから、覚悟の上のことだろうと申しまして、取り合わないんですよ。でも、まさか、このままにして置くこともできません。居酒見世のおつたさんは孫右衛門さんと会所の又兵衛さんに相談すれば、何か手立てがあるかも知れないとおっしゃいまして、それで、よその町内のお二人にお縋《すが》りする次第でございます」

お内儀のおとくは涙を堪《こら》えるような表情で言った。

「おみささんは旦那が出て行っても平気だと言っているんですか」

又兵衛は怒気を孕《はら》んだ声で訊いた。

「平気な訳がありませんよ。内心じゃおろおろしているんです。でも、そんなところを見世の者に見せては示しがつかないと、口では威勢のいいことを言ってるだけですよ」

母親だから、おとくはおみさの気持ちがわかるのだろう。

「お前さん、どうしたらいいだろうね。行方知れずの届けを出して捜して貰ったほうがいいのじゃないかえ」

おいせは心配そうに訊く。

「旦那は娘さんのために今まで我慢してきたと思いますよ。また、お内儀さんも旦那を宥《なだ》めていたから何んとか続いていたんですよ。お内儀さんがおみささんと一緒になって旦那を扱《こ》き下ろしたとしたら、今よりずっと早く見世を出て行ったはずです。だが、娘さんとお内儀さんの力だけじゃ無理がある。肝腎《かんじん》のおみささんが了簡《りようけん》を入れ換えない限り、旦那が戻ったところで何も解決しない」

「わかっております。わかっておりますが」

おとくはたまらず咽《むせ》んだ。

「もう、遅いような気がしますよ。もしかして旦那はよそにいい人がいるかも知れませんよ。夫婦の間がしっくり行っていなかったのは、誰の眼にも明らかだったし、旦那はおみささんのことを女として見ることができなくなったと洩らしていましたからね」

そう言うと、おとくは泣き声を高くした。

「皆、あたしが悪いんだ、うちの人が死んだ時、すっぱり商売を諦《あきら》め、小さな小間物屋でもやってりゃ、こんなことにはならなかったんだ」

おとくは恥も外聞《がいぶん》もなく喚《わめ》いた。おいせとお春が、落ち着いて、お内儀さん、と宥《なだ》めた。

「今さらそんなことを言っても始まりませんよ。旦那が見世を出て行ってから、何日が経つんですか」

又兵衛は新三郎の気持ちがわかっていたので、割合、冷静に言葉を続けた。

「まだ三日ほどですが」

おとくは洟《はな》を啜《すす》りながら応えた。

「もう少し、様子を見たらいかがでしょう。その内にひょっこり戻ってくるかも知れませんよ。今から行方知れずの届けを出して話を大きくすることもない。旦那はますます帰りづらくなる」

「そうでしょうか」

おとくは納得できない様子だった。

「それよりも、おれはおみささんに話をしたいのですよ。いったい、この先、どうするつもりなのかとね」

「娘は素直に胸の内なんて明かしませんよ」

無理だとおとくは言っていた。

「そいじゃ、お春さん。うちの奴と一緒におみささんを説得してみたらどうだね」

「あ、あたしが？」

お春は驚いておいせと顔を見合わせた。

「女同士なら、言いたいことも言えるような気がするよ」

「おみささんは、あたしらの話を聞くだろうか」

おいせも自信がなさそうだった。だが、おとくは、是非そうしてくれと強く言った。自分の話は聞かないが、他人のおいせとお春の言うことは聞くかも知れないと。

「駄目で元々だ。お春さん、たまには他人様のためにひと肌脱ごうよ」

おいせは張り切った声で応えた。お春は気が進まないようだったが、渋々、肯《うなず》いた。

それから三人は連れ立って甲州屋へ向かった。後に残った又兵衛は、一人で茶を淹《い》れた。説得がうまく行くかどうかと案じながら。

その茶を幾らも飲まない内に孫右衛門が慌《あわ》てた様子でやってきた。

「甲州屋の旦那が出て行ったって？」

孫右衛門は早口に訊く。

「まだ、そうと決まった訳じゃないよ」

「だけど、見世に戻らないんだろ？」

「ああ、三日ほど経っているらしい」

「旦那はおみささんに業《ごう》を煮やして出て行ったんだ。ああ、いつかはこうなると思っていたがね。その通りになってしまったよ」

孫右衛門は、すっかり決めつけていた。又兵衛は黙って孫右衛門のために茶を淹れた。

「あれ、おいせさんは？」

孫右衛門は姿の見えないおいせに、ふと気づいて訊く。

「さっきまで甲州屋のお内儀さんがここにいたんだよ。お春さんとうちの奴は、おみささんを説得するため、一緒に甲州屋へ行ったよ」

「年ばかり喰ったって、あの二人じゃおみささんを説得できるもんか」

「うちの奴は駄目で元々だと言って出かけたがね」

「おみささんに怒鳴られて、二人とも、すごすご戻ってくるよ」

孫右衛門は諦めの境地でいるらしい。

「実は女どもには話していないことがあるんだよ」

又兵衛は低い声で言った。

「何んだい」

孫右衛門は怪訝《けげん》な眼で又兵衛を見た。又兵衛は地代金の集金に両国広小路へ出かけ、女連れで歩いていた新三郎を見たと教えた。

「これかい？」

孫右衛門は小指を立てる。

「はっきりそうだとは言えないが、旦那が出て行ったと聞いて、あの女の所にいるのかも知れないと思ったよ」

「浅草《あさくさ》広小路で裏店の大家をしている知り合いがいる。明日にでも行って、旦那の居所を捜してみるかい」

「旦那はただ通り掛かっただけかも知れないよ。その辺りにいるとは限らない」

「だけど、何もせずにいても始まらないよ。手懸かりを摑《つか》んで、それで首尾よく旦那に会えたら、おれ達で説得しようよ」

「うーん……」

又兵衛は天井を睨んで思案した。

「おいせさんの言うように駄目元だ。やるだけやって見ようよ」

孫右衛門はやけに張り切って言った。

その頃、おいせとお春は甲州屋の内所《ないしょ》（経営者の居室）でおみさを前に座っていた。

おとくが二人を内所へ促《うなが》すと、おみさが、余計なことをよそでぺらぺら喋《しゃべ》って、恥ずかしいったらありゃしないと、聞こえよがしに言う声が台所から聞こえた。お春とおいせは顔を見合わせた。お互いの表情には、説得は無理かも知れないという色があった。

おみさはそれでも茶を淹れた湯呑《ゆのみ》を運んできて、二人の前に置いた。茶を飲んだら、さっさと帰って貰いたいという態度だった。

おとくは会所にいた時とは別人になったように俯《うつむ》いて何も喋らなかった。実の母親でも娘が怖いのだと、おいせはおとくが気の毒だった。そこへ孫娘のお菊《きく》が現れ、いらっしゃいませ、と行儀《ぎょうぎ》よく挨拶した。おいせとお春は自然、笑顔になる。

「まあ、何んて可愛《かわい》らしいんでしょう。お父《と》っつぁんとおっ母《か》さんのいい所ばかり引き継いで」

お春は感嘆《かんたん》の声を上げた。新三郎譲りの二重瞼《ふたえまぶた》で、色白はおみさ似だった。

「この頃は生意気で困ります」

おみさは少し表情を弛《ゆる》めて応える。

「こんな可愛いお菊ちゃんを置いて、旦那はどこへ行ってしまったんでしょうねえ」

おいせはさり気なく切り出した。途端、おみさの表情が変わった。

「わざわざお越し下さって恐縮ですが、うちのことに他人様のお二人が心配なさることはございません。どうぞ、うっちゃって置いて下さいな」

もの言いは丁寧《ていねい》だが、迷惑だという表情をしていた。

「うっちゃって置けないから、こうして年寄りの女が雁首揃《がんくびそろ》えてやってきたんですよ。このまま旦那がお戻りにならなかったら、最悪の場合、離縁ということになりますが、おみささんはそれでよろしいの？」

おいせは、がらがらした声を励まして言う。

「それならそれで仕方がないでしょうね」

おみさは他人事のように応える。

「あら、旦那にはもはや一片の情もないとおっしゃるの？　それじゃ、旦那が可《か》哀想《わいそう》だ」

「役立たずの亭主なら、いないほうがさっぱりしますよ」

それはおみさのから威張《いば》りだと思ったが、新三郎を役立たずと扱き下ろしたおみさに、おいせは腹が立った。

「ずい分なおっしゃりようですね。仮にもご亭主のことを」

おいせは呆れ顔で言った。

「だって、本当に用が足りないことばかりなんですよ。急ぎの仕事が入って雇い主さんから奉公人を集めてくれと言われても、ろくに人数が揃ったためしはないんですよ。仕方なく、あたしが番頭と一緒に行って、ようやく揃える始末なんです。毎度、そうなんです」

おみさはいらいらして眉間に皺を寄せた。

「商売がうまく行けば、それでいいんですか」

おいせは口を返した。お春とおとくは、なりゆきを心配そうに見ていた。

「それが一番、肝腎《かんじん》なことですよ。そうじゃなかったら、ごはんも満足に食べられない」

「そのごはんはおいしいんですかねえ。旦那はおいしいと言って召し上がってますか」

「何んですって！　黙って聞いていれば、さっきから言いたい放題。おたくさんは何様のおつもり？」

とうとうおみさの怒りに火を点《つ》けてしまったようだ。おとくが慌てて、おみさ、おやめ、と制しても、おみさの怒りは収まらなかった。

「何様も何も、あたしは堀留町の会所を預かっている又兵衛の女房ですよ。うちの人はおみささんに怒鳴られる旦那に同情しているんですよ」

おいせも負けてはいなかった。

「大きなお世話でございます。どうぞ、お引き取りになって」

「そうですか。帰れと言われりゃ帰りますがね、旦那は甲州屋さんを出ても行く所なんてありゃしない。おみささんが追い出して平気なようだから、あたしとうちの人は再婚の口でも探してやりますよ。そのほうが旦那も倖《しあわ》せだ。旦那がいなくても甲州屋は今まで通り、商売は続くでしょうから。でもね、おみささんと旦那が離縁したという噂が拡《ひろ》まれば、甲州屋の実入りは少なくなるでしょうよ」

「どうしてそんなことがわかるんですか」

「どうしてって、女丈夫と言われるおみささんは存外に世間知らずでござんすね。この世の中、男と女で成り立っているんだ。甲州屋も夫婦で商売をしているから信用があるんですよ。亭主を追い出した恐ろしい女房の見世に、誰が仕事を頼みたいものですか。おみささんは自分の力で甲州屋が続いてきたと思っているようですが、実は旦那の力もあるんですよ。あたしはそう思いますよ。旦那がおみささんと一緒になって怒鳴り散らしていたら、奉公人なんて居着きませんよ。そうでしょう、お内儀さん」

おいせはおとくに相槌を求める。おとくは、新三郎さんは優しいから、おみさに叱られた手代や女中を陰で慰めていたんだよ、と言った。

「それ、ごらんなさい」

おいせは勝ち誇った表情で胸をそらした。

おみさは悔《くや》しそうに唇を嚙《か》んだ。

その時、突然、お菊が「小母《おば》さん、おっ母さんを苛《いじ》めないで」と切羽《せっぱ》詰まった声を上げた。おいせは、はっとしてお菊の顔を見た。

お菊は涙を溜《た》めた眼でおいせを睨んでいる。

「お菊、お客様に失礼なことは言わないの」

おとくは慌てて孫を制した。おみさは愛《いと》しげな眼をお菊に向けたが、おいせの言葉がこたえている様子で、じっと黙ったままだった。

「ごめんなさいね、お菊ちゃん。小母さんが悪かったよ。別におっ母さんを苛めに来た訳じゃないんだよ。あんたのおっ母さんに、もうちょっと、お父っつぁんに優しくしてほしいと思って、言い難《にく》いことを言ったまでなんだよ」

おいせはとり繕うように応えた。

「お仕事をする時のおっ母さんは男なんだって。だからお父っつぁんにも文句を言うの」

お菊の理屈がいじらしかった。おいせはたまらず、袖《そで》で眼を拭った。

「そいじゃ、おっ母さんは、いつ女に戻るのだえ」

お春はおいせの代わりに訊く。お菊は小首を傾《かし》げ、う―ん、わかんない、と応えた。

「お仕事するおっ母さんが男なら、それはお父っつぁんの役目だ。お菊ちゃんにゃ、お父っつぁんが二人いることになる。二人もいらないだろう」

お春は試すような口調で言う。

「こっちの小母さんも意地悪だ」

お菊はとうとう、泣き出した。おいせとお春はどうしてよいかわからなくなった。

「やっぱり、あたしらじゃ、おみささんには敵《かな》わない。お内儀さん、用が足りなくてごめんなさいね」

おいせは頭を下げて謝った。とんでもない、おとくは手を振って、おいせをいなした。

「うちの人、どこにいるのかしら」

その時、おみさはぼんやりした声で呟いた。

遠い所を見つめるような眼もしている。

「さあ、どこでしょうね」

お春は冷たく応える。

「ふた親はとうに亡くなっているし、義兄《にい》さん達の所は、うちの人の面倒を見るほど余裕はないのですよ。いい人でも見つかって、優しくされているのならいいけれど」

おみさは低い声で言う。新三郎がおみさに邪険《じやけん》にされたために見世を飛び出したと、ようやく気づいたようだ。だが、おみさには、新三郎のことを、すっかり諦めているような感じもあった。

「旦那がよそに女を拵えても、おみささんは平気なんですか」

おいせは驚いて訊く。

「あたしに普通の女房はつとまりませんよ。こんなあたしがいやだと言うなら、仕方がないでしょうね。あたしだって、本当は、もっとうちの人に尽《つ》くしたいと思っているんですよ。でも、奉公人の手前、甘い顔も見せられなくて……」

おみさは苦しい胸の内を明かした。

「二六時中、奉公人の眼を気にすることもないですよ。二人っきりの時間も作らなきゃ。旦那と一緒におつたさんの見世で差しつ差されつするのもいいですよ」

お春はいいことを言った。それがいいよ、おいせも相槌を打った。おみさはすぐにそうするとは言わなかったが、ご心配をお掛けして申し訳ありません、と殊《しゅ》勝《しょう》に頭を下げた。

おいせとお春の説得は半《なか》ば功《こう》を奏《そう》したようだ。しかし、この先、新三郎が甲州屋に戻らないとすれば、その説得も空《むな》しいと、おいせは内心で思っていた。

四

翌日。又兵衛は孫右衛門と一緒に両国広小路へ向かった。二日続けての長歩きで、足がくたびれていたが、新三郎のことを考えると、そんな弱音を吐いていられなかった。米沢町《よねざわちょう》の自身番には孫右衛門の知り合いの差配が詰めていた。

孫右衛門が顔を出すと、差配の吟右衛門《ぎんえもん》は、やあ、久しぶりだねえ、こうと半年ぶりになるねえ、と嬉しそうに言った。

時候の挨拶もそこそこに孫右衛門は、この辺りで甲州屋の旦那を見掛けなかったかと訊いた。孫右衛門とさほど変わらない小男の吟右衛門は、その拍子に

「ん？　甲州屋というと伊勢町の口入れ屋かい」と訊き返した。

「そう、その甲州屋だ。旦那が三日、いや今日で四日目になるが、ふらりと出かけたまま、見世に戻らないんだよ。こっちの又兵衛さんが昨日、広小路を歩いていた旦那を見掛けたと言ったものだから、あんたに心当たりでもないかと問い合わせに来たんですよ」

「怖い女房に愛想《あいそ》を尽かして見世をおん出たのかねえ」

おみさの噂はこちらにも流れているらしい。

昨日、甲州屋から戻ってきたおいせの話では、おみさは、少しは新三郎のことを心配している様子だった。このまま離縁する気持ちまではないようだ。それなら、新三郎と今後のことをよく相談して決めたらいいと又兵衛は思っている。

「そう言や、米沢町で『魚《うお》つね』という魚屋の女房が甲州屋の旦那といいとこだと聞いたことがあるよ」

吟右衛門は、ふと思い出したように続けた。

「本当ですか、大家さん」

又兵衛は意気込んで訊く。

「ああ、その縁で時々、甲州屋からも魚の注文があるらしい」

「孫さん、旦那はそこだ」

又兵衛がそう言うと、孫右衛門は「しかし、魚屋に三日も四日も泊まる理由がわからないよ。向こうだって何も言わずに旦那を喰わせて泊めるかねえ。やっぱり、女の所だとわたしは思うがね」と応えた。

「そうそう、魚つねは日中、亭主が天秤棒《てんびんぼう》を担《かつ》いで魚を売り歩き、女房はその間、見世を切り守《も》りしている。夫婦で稼いで何んとか喰っている。孫さんの言ったように甲州屋の旦那の世話をするほどの余裕はないはずだ」

吟右衛門も孫右衛門と同じようなことを言う。裏店の差配同士は考え方も似るのだろうかと、又兵衛は苦々しい気持ちになった。

「とにかく、その魚つねに行ってみよう。もしもいなかったら、また次の手を考えるさ」

又兵衛は孫右衛門を急《せ》かした。孫右衛門は渋々肯き、吟さん、助かりましたよ、今度、寄合で顔を合わせた時は、帰りに一杯、奢るから、と愛想をするように言った。

「当てにしないで待ってるよう」

吟右衛門は呑気《のんき》な口調で応えた。


米沢町の魚つねは表通りでなく、路地裏に見世を構えていた。間口二間の狭い見世だが、近所の女房達には評判がいいようで、又兵衛と孫右衛門が訪れた時も、客が二人ほどいた。

客の相手をしていたのは、昨日、又兵衛が両国広小路で見掛けた三十がらみの女だった。

新三郎と訳ありの女ではなく、いとこであったらしい。又兵衛は少しほっとした。女は袖を茜襷《あかねだすき》で括《くく》り、前垂《まえだ》れを締めて魚を捌《さば》いていた。その手際は鮮やかだった。

「はい、ごめんなさいよ。こちらの見世は伊勢町の甲州屋さんと親戚だと聞いてきたんですが」

孫右衛門は気さくな口調で訊いた。出刃を握っていた女は、その拍子に内所を振り返った。

「新さん、お客様だよう」

威勢のよい声を上げた。又兵衛と孫右衛門は顔を見合わせ、同時に「いた！」と安堵《あんど》の声を洩らした。ほどなく、前垂れを締めた新三郎が顔を出した。

「あれ、お二人揃ってどうしたんですか」

新三郎は意外そうな顔で訊く。

「どうしたってことはないでしょう。旦那は三日、いや、今日で四日も見世に戻らないと、甲州屋さんでは誰しも心配しているんですよ」

孫右衛門は呆れた表情で言った。

「新さん、お客様の邪魔になるから中に上がって貰って」

女は相変わらず威勢よく指図する。商売をする女房はおみさに限らず、てきぱきともの事を判断するものだと又兵衛は感心していた。

「あ、ああ」

気のない返事をして、新三郎は又兵衛と孫右衛門を中へ促した。

茶の間には火鉢の傍で足を投げ出している男がいた。傍には平たい樽《たる》が三つ置いてあり、そのひとつには、ばか貝が山盛りになっていた。他の樽には貝殻《かいがら》と剝《む》き身《み》にされた貝が入っている。新三郎はさっきまで、貝を剝き身にする作業をしていたらしい。

「こちらは魚つねの大将ですよ。わたしのいとこの亭主になる人です。常《つね》さん、こちらは堀留町の会所の又兵衛さんと大家の孫右衛門さんですよ」

新三郎が常さんと呼んだ男に二人を紹介すると、男は気後《きおく》れした表情で頭を下げ、常次郎《つねじろう》と申しやす、とおずおずした口調で言った。新三郎とさほど年の違いのない三十五、六の男だった。毎日、振り売りをして市中を歩くので、痩《や》せて小さな顔は陽灼けしている。丸い眼に愛嬌《あいきよう》が感じられる。真面目《まじめ》な男らしいと又兵衛は思った。

「やあ、甲州屋の旦那が無事で安心しましたよ。一時はどこぞに欠け落ちしたのじゃないかと、ずい分、心配しました」

又兵衛は朗《ほが》らかな声で言った。

「新さん、貝は後回しにして、茶を淹れてくれ」

常次郎はそう言った。その時になって、又兵衛は常次郎が足を怪我《けが》しているらしいと気づいた。客が来ても足を投げ出していたのは、そのせいだった。

「お構いなく。すぐにお暇《いとま》致しますから」

孫右衛門は遠慮がちに言う。

「振り売りをしている途中で足を挫《くじ》いてしまいまして、歩けなくなったんですよ。商売ができないんじゃ、おまんまの喰い上げだ。倅《せがれ》は十《とお》を頭《かしら》に三人いますが、まだ魚も捌けねェし、天秤棒も担げやしない。困ったなあと頭を抱えていたところに新さんがふらりとやってきましてね、地獄に仏とばかり、手助けを頼んだんですよ」

常次郎は自分の事情を二人に説明した。

「そうだったんですか。しかし、それにしても甲州屋へひと言、断りを入れてもよかったじゃないですか」

又兵衛はそう言わずにはいられなかった。

「あいすみやせん。倅を使いに出そうと思ったんですが、新さんがその必要はないと止めたもので」

常次郎はすまない顔で頭を下げた。

「いや、わたしも虫の居所が悪くて、うちの奴に怒鳴られると、ぷいっと見世を出てしまったんですよ。行く所もなかったんですが、ふとおきよちゃんのことを思い出して訪ねると、常さんが足を挫いて仕事ができないという話ですよ。渡りに船とばかり、こちらに厄介《やっかい》になっておりました」

新三郎も茶を淹れながら常次郎を庇《かば》うように言った。おきよちゃんとは、常次郎の女房の名前らしい。

「昨日、両国広小路で旦那と、ここのおかみさんが歩いているのを見たんですよ。おれはてっきり、いい人ができたと勘違いしましてね」

又兵衛は冗談交じりに言った。

「ああ、それはここのご贔屓《ひいき》さんに祝い事があり、鯛《たい》と刺身《さしみ》を届けた帰りだったのです」

新三郎は淡々と応える。考えてみれば、新三郎がよそに女を拵えるなど、万にひとつもあることではない。又兵衛の早合点《はやがてん》だった。

「新さんはよくやってくれます。朝は夜明けとともに上の倅を連れて本所《ほんじょ》の魚問屋へ仕入れに行き、知り合いの人に声を掛けて売ってくれたんです。お蔭で以前より実入りはいいほどです。倅達にも魚の捌き方や貝の剝き方を教えてくれました」

常次郎は大層、ありがたがっていた。

「旦那は魚を捌けるんですか」

又兵衛は驚いて新三郎に訊く。

「ええ、常さんのお父っつぁんに教えて貰いました」

新三郎は照れた顔で応えた。

「口入れ屋より魚屋のほうが旦那に合っているんじゃないですか」

孫右衛門は茶化すように言う。

「一時は、それも考えましたが、常さんとおきよちゃんが、お菊のために堪《こら》えろと宥めるもので、今まで我慢していたんですよ」

新三郎は真顔で言った。

「それで、この先、旦那はどうなさるつもりですか」

又兵衛は、それが肝腎とばかり訊く。新三郎は心細い表情で首を傾げた。

「もう、見世に帰ってもいいぜ。おれの足もだいぶよくなったし、二、三日したら仕事ができるようになるから」

常次郎は甲州屋を気にして言う。

「まだ無理だよ」

「しかし、このままずるずるとここにいたって始まらねェ。お菊ちゃんが待っているよ」

「わたしはうちの奴とこの先、やって行く自信がないんだよ」

新三郎は思い切ったように言った。

「離縁するつもりか」

常次郎は驚いた表情で訊く。

「ああ」

新三郎が肯くと常次郎は黙り込んだ。

又兵衛と孫右衛門も言うべき言葉が見つからなかった。しばらく居心地の悪い沈黙が続いた。その沈黙を破ったのはおきよの大きな声だった。

「あらあ、おみささん。しばらくでしたねえ。新さんをお迎えにいらしたんですか。ごめんなさいね。うちの人が足を挫いたもので、新さんに見世を手伝って貰っていたんですよ。連絡もしないでご心配をお掛けしました」

おみさがやってきたと知ると、新三郎は、ぎょっとした顔になった。又兵衛と孫右衛門だってぎょっとした。ここでおみさの怒鳴り声を聞かされてはたまらない。だが、おきよは当然のようにおみさを中へ促した。

「お前さん……」

おみさは涙を堪えているような顔で新三郎に呼び掛けた。新三郎は、そっぽを向いた。

おみさは又兵衛と孫右衛門が茶の間にいたことにも驚き、皆様にご心配を掛けて申し訳ありませんと謝った。その表情は甲州屋にいる時とは別人のようだった。

「ここに旦那がいることがよくわかったね。さすが女房だ」

又兵衛はおみさを持ち上げた。

「心当たりを考えましたら、魚つねさんが浮かんだんですよ。義兄さん達の所へは行かないだろうと思いまして」

おみさはそう言ってから新三郎に向き直った。

「お前さん、今まで辛《つら》い思いをさせてしまって、勘弁しておくれな。おいせさんとお春さんにも懇々《こんこん》と説教されましたよ。それでようやくあたしも眼が覚《さ》めた。甲州屋はお前さんがいたからこそ商売を続けてこられたんだってね。まかり間違って、お前さんと離縁しようものなら、甲州屋はその内に潰《つぶ》れますよ。だから
お願い。見世に戻って」

おみさは縋るように言った。

「お願いされちゃったぜ、旦那」

孫右衛門は、わざと明るい声で言う。

「わたしは役立たずの男だ。お前は別の亭主を見つけたほうがいい」

新三郎は突き放すように言った。おみさの唇がわなわなと震え、とうとう腰を
折って咽んだ。

「新さん、おみささんだって辛かったんだ。わかってやれよ」

常次郎が口を挟む。

「そうだよ。気を張って商売をやってきたんだ。めそめそなんてしていられない
よ」

おきよも相槌を打つように後ろから言葉を掛ける。

「本心からわたしに戻ってほしいと思っているのか。世間体《せけんてい》を考えているだけな

ら不承知だ」

新三郎は味方が傍にいるので勇気百倍とばかり、偉そうにおみさに言う。

「もちろん、本心ですよ。お前さんがいなけりゃ、あたしは商売を続けられない」

おみさは涙声で応えた。新三郎は得意げに小鼻を膨《ふく》らませた。

「客の前でわたしを怒鳴らないと約束しろ。それで、わたしが酒を飲む時は酌をしろ。外から戻ってきた時はご苦労様と言え」

新三郎は甲高《かんだか》い声で言った。それが新三郎にとって、おみさに求めていたことだったのだろう。何んだか滑稽《こっけい》で、又兵衛は噴き出しそうだった。

「た、たまには居酒見世に一緒につき合え」

新三郎はここぞとばかり自分の要求を述べた。おみさは洟《はな》を啜《すす》ると、おやすいご用ですよ、と応えた。

「しかし、常さんはまだ仕事ができない。わたしはもう少し、ここにいるよ」

新三郎は貫禄《かんろく》を見せて言葉を続ける。

「お手伝いなら、代わりにうちの手代《てだい》を寄こしますよ。甲州屋の主《あるじ》が魚屋の真似《まね》事《ごと》をしたら世間体が悪いですからね。そこは了簡《りょうけん》して下さいましな」

おみさはいつもの表情を取り戻して、きっぱりと言った。新三郎は、途端にへなへなした表情に変わり「はい、はい」と殊勝に応えていた。

五

江戸はそろそろ梅雨《つゆ》に入るのだろうか。すっきりした天気が続かない。その日も粉糠《こぬか》のような雨が夕方まで降り続いていた。

気晴らしに、おつたの見世に行こうと誘ったのは孫右衛門だった。堀留町の会所にやってきた孫右衛門は、又兵衛と一杯やりたい気持ちになったらしい。おいせはそれを聞くと、晩ごはんの用意をしているのに、と不満そうな顔をした。

「男のつき合いだ。おなごは口を出すな」

又兵衛は偉そうにおいせを制した。

「おいせさん、ごめんよ。今日は何んだか人恋しくてね、まっすぐ家に戻る気になれないんだよ」

孫右衛門はすまなそうに、おいせに謝った。

「いいですけどね」

おいせは渋々、応えた。

外で一杯飲むとなると、自然に心が浮き立つ。その気持ちは女房達にはなかなか理解できないらしい。

おつたの見世に着くと、おつたは相変わらずの笑顔で二人を迎えた。

「よく来て下さいましたね。こんなお天気だから客足も鈍《にぶ》くて、今夜はお茶っ挽《ぴ》きかなあと諦めていたんですよ」

「こんな天気だから、一杯飲みたくなってね」

孫右衛門は愛想をするように言う。

「そうこなくちゃ」

おつたは言いながら、さっそく酒の用意をする。

「おいしい油《あぶら》揚《あ》げがあるのだけど、いかがです？」

「いいねえ、おれは竹虎《たけとら》にして貰おうか」

又兵衛が応えると、わたしは雪虎《ゆきとら》だ、と孫右衛門もすかさず言い添える。竹虎は焼いた油揚げに葱《ねぎ》の青いところを斜め切りにして竹に見立てたもので、雪虎は大根おろしを雪に見立てたものだ。ふたつとも居酒見世の定番の献立《こんだて》だった。

「竹虎で思い出したけど、この間、甲州屋の旦那が若お内儀さんと一緒にうちの見世にいらしたんですよ」

金網《かなあみ》で油揚げを焼きながら、おつたは言った。

「へえ、そうかい」

孫右衛門はつかの間、感心したような、意外なような表情で又兵衛に眼を向けた。どう思うかと問い掛けているようなふしもあった。

「若お内儀さんは油揚げの焼いたのを食べたかったそうなんですよ。ほら、そういうものは、なかなか家のお菜《さい》にはしないものでしょう?」

おつたは卯《う》の花《はな》の小鉢と燗《かん》のついたちろりを二人の前に置いてから言う。

「そうだね。竹虎と雪虎は、やっぱり酒の肴《さかな》だな」

孫右衛門は又兵衛の猪口に酌をしながら応えた。

「その時は、あいにく油揚げが一枚しかなかったんですよ。二人で半分ずつにして、旦那は竹虎で、若お内儀さんは雪虎になさいましたよ」

「うまいと言っていたかね」

又兵衛は不安そうに訊く。こんなもので金を取るのかとおみさに眼を吊《つ》り上げられては、おつたが可哀想だった。

「ものすごくおいしいって」

だが、おつたは満面の笑みで応えた。

「そりゃ、よかった」

又兵衛は安堵の吐息をついた。

「ここにいた時の若お内儀さんはおとなしくて、いい女房ぶりでしたよ。とても女丈夫と陰口を叩《たた》かれている人とは思えませんでしたよ」

「旦那に対する態度も、それじゃ、少しはよくなったのかねえ」

又兵衛達のお節介の甲斐《かい》もあったというものである。

「それがねえ、甲州屋での若お内儀さんは相変わらずなんだそうですよ。人間、長年の流儀はそうそう変えられないものですね」

おつたは大根をおろしながら言う。料理を出す段取りには無駄がない。

「そいじゃ、旦那はまた、見世を飛び出す恐れもあるのかい」

孫右衛門も心配になったらしい。

「ひとつ変わったのは、若お内儀さんが怒鳴ると、旦那はこれまで黙って聞いているばかりだったんですが、この頃は、うるせェとか、おきゃあがれとか、口を返すようになったそうですよ」

「ほう」

又兵衛は感心した声を上げた。

「若お内儀さんの剣幕に比べて、呆れるほど勢いがないそうですが、それでも口を返すだけでも旦那は亭主らしくなったと、あたしは思いますよ」

おつたはそう言うと、二人の前に油揚げの皿を出した。油揚げは食べやすいように包丁が入っている。醬油《しょうゆ》を掛けると、じゅっと音がした。

「これこれ、これが喰いたかった」

孫右衛門は相好《そうごう》を崩す。この味は、やはり家にいては味わえないと又兵衛も思う。はふはふと油揚げを頰張《ほおば》る二人の様子を見ながら、おつたは嬉しそうに笑った。

「甲州屋は、若お内儀さんが指図しなけりゃどうにもならない見世だ。でも、さして頼りにならなくても旦那がいるといないじゃ雲泥《うんでい》の差ですよ。あんた達のおかみさんも、そこを強く言ったはずですよ。だからね、もう心配はいらないんじゃないかと、あたしは思っているんですよ」

おつたは晴々とした顔で言う。

「そうかねえ」

又兵衛は、それでも一抹《いちまつ》の不安を覚える。

「旦那が家出したら、また二人で迎えに行って下さいな」

「おいおい、おれ達はそれほど暇じゃないよ」

又兵衛は冗談交じりに応える。

「何度でも迎えに行くさ。わたしは旦那の人柄が嫌いじゃない」

孫右衛門は太っ腹に言う。孫右衛門の言葉に又兵衛は、はっとした。人のために尽くそうとする孫右衛門の心根は優しい。伊達《だて》に裏店の差配はしていない。

「そうだね。おれも嫌いじゃない。その時は迎えに行こう」

又兵衛も相槌を打つように言った。

「今夜は他にお客様も来ないようだ。あたしもご相伴《しようばん》しましょうかねえ」

おつたは板場を抜けて、又兵衛達の横に座った。飲もう、飲もう、と孫右衛門は景気をつけた。

おみさは又兵衛達の意見で了簡をすっかり変えたとは思わないが、新三郎に対する態度は以前よりもよくなったと又兵衛は思う。おつたの言ったように、このまま見世も夫婦関係も続くような気がしている。

世の中には様々な夫婦がいる。おみさと新三郎のような夫婦がいてもおかしくない。

それにしても新三郎がおみさに口を返す想像をすると笑いが込み上げた。新三郎は精一杯、おみさに反抗しているつもりなのだ。奉公人達はそれを見て、心の内で掌《て》を叩いていることだろう。

(旦那、がんばれ。若お内儀さんに負けるな)

そんな心の声が聞こえるようだった。そうだ、新三郎は甲州屋にとって、なくてはならない人間なのだ。又兵衛もようやくそれに気づいた。酒の酔いがほろりと回っていた。おつたは手拍子をとりながら唄をうたい始めた。

外の雨は、どうやらやんだらしい。

灸《やいと》花《ばな》

一

梅雨《つゆ》が明けると江戸はいきなり真夏になった。炎天の陽射《ひざ》しは容赦《ようしゃ》なく月代《さかやき》を焦《こ》がすし、地鳴りのような蟬《せみ》しぐれもかまびすしい。

年々、暑さ寒さがこたえるようになったと、堀留町《ほりどめちょう》の会所《かいしょ》の管理を任《まか》されている又兵衛はしみじみ思う。汗が絶え間なく流れ、そのせいで身体《からだ》が消耗《しょうもう》しているのを感じる。食欲もあまりない。冷えた麦湯と西瓜《すいか》、素麵《そうめん》が辛《かろ》うじて喉《のど》を通るだけだ。連れ合いのおいせが鰻《うなぎ》の蒲焼《かばやき》を用意しても、そんな脂っこい物は喰えないと又兵衛はそっぽを向いていた。

寝苦しい夜も続いているので、寝不足のせいで、終始、頭が重い。

元気のない又兵衛を心配して、おいせは、ふと思いついて、お前さん、灸《きゅう》をしてやろうかと言った。この暑いのに、さらに熱い思いをするのかと、最初は気が進まなかったが、家に閉じこもってばかりいるので、肩や背中の凝《こ》りも感じていた。少し楽になるよ、というおいせの言葉に誘われて、又兵衛はその気になった。

又兵衛が肌脱ぎになると、おいせは小簞笥《こだんす》の抽斗《ひきだし》からもぐさを取り出した。

「どこ？　ここがいいかえ？」

もぐさを載《の》せる場所を訊《き》く。左の肩甲骨《けんこうこつ》の辺りを又兵衛は示した。

「いやだ。お前さんの背中はいつの間に、こんなにシミだらけになったんだろう」

又兵衛の背中など、近頃はまじまじと見たことがなかったので、おいせは驚いた声を上げた。

「年を取ったってことだ」

又兵衛は、むっとして言葉を返したが、自分の背中は見えない。そんなにシミだらけかい、と少し心配になって訊いた。

おいせは自分の手鏡を持ってきて、ほら、ごらんなさいよ、と言った。なるほど、薄茶色のシミが背中全体に散らばっていた。

「ひどいな。裸で外を歩いた覚えはないんだが」

「お前さんは若い頃、見世《みせ》の若い衆《しゅう》と一緒に材木を運んでいたでしょうが。夏場は、半纏《はんてん》も羽織《はお》らず、きまたひとつの恰好《かっこう》だったじゃないですか。あの頃の陽灼《ひや》けがシミとなって出てきたのかも知れませんよ」

きまたは半だことも言って、職人達の下穿《したば》きのことである。又兵衛は堀留町の会所を任されるまで深川《ふかがわ》の蛤町《はまぐりちょう》で材木の仲買人《なかがいにん》をしていた。その頃は材木の運搬も奉公人任せにせず、自らも率先《そっせん》してやっていた。そのツケが今になって出てきたのだろうか。だったら、それも又兵衛が一生懸命働いた証《あかし》だと思う。

「本当にお前さんはよく働きましたよ」

又兵衛の気持ちが通じたようで、おいせはもぐさを背中に載せながら感極まった様子で言う。

「そう思ってくれるのかい。そいつはありがとよ」

又兵衛も、胸にぐっと来ていた。しかし、ほろりとした気分はそこまでで、おいせが線香の火をもぐさに点《つ》けると、強烈な熱さと痛みが又兵衛を襲った。

「ううッ……」

呻《うめ》きが自然に洩《も》れる。汗が噴《ふ》き出す。めまいがする。

「駄目だ、我慢できない」

又兵衛が弱音を吐くと、おいせは、もうちょっとがんばって、と励ます。我慢しようとしたが堪《こら》え切れなかった。手を後ろに回してもぐさを払い落とした。運の悪いことに、火の点いたところに直接手が触れてしまったので、思わず

「熱ッ、熱ッ」と悲鳴も出た。その拍子に火の粉《こ》が板の間に飛んだ。

「もう、何やっているんですか。ここが畳敷きだったら火事になっちまいますよ」

　おいせは、ぶつぶつと文句を言った。その時、外から笑い声が聞こえた。土間口前の油障子は開け放していたので、そこに立っている者が中から黒い影のようにしか見えない。最初は誰かわからなかったが、小脇に抱えた鶏《にわとり》がココッと鳴いたので、小舟町《こぶなちょう》の船宿《ふなやど》「天野屋《あまのや》」の次男坊の道助《みちすけ》だとわかった。道助は周りの者からみっちょと呼ばれている。年は十七歳だが、道助は五、六歳の子供程度の知恵しか持ち合わせていなかった。生まれた時は気づかなかったが、三歳過ぎても歩けず、言葉を喋《しゃべ》ったのも七歳近くになってからだった。だが、性格が温厚なので、両親やきょうだい、近所の人間には可愛《かわい》がられている。

「みっちょ、お入り。外は暑いだろう」

　おいせは気軽に声を掛けた。又兵衛も単衣《ひとえ》に腕を通して手早く身仕舞いした。

「そいじゃ、お邪魔します」

　道助は丁寧《ていねい》に礼を言うと、遠慮がちに中へ入り、板の間の縁《へり》に腰を掛けた。土間に茶色の鶏を下ろすと、鶏は嬉《うれ》しそうに土間を走り回った。

「ちょっと、放して大丈夫かえ。逃げないかえ」

おいせは恐ろしそうに鶏を見ながら訊く。

「でェじょうぶだ。こら、チャチャ、逃げるんじゃねェぞ。逃げたら潰《つぶ》して鶏鍋《とりなべ》にしちまうからな」

道助は荒い言葉で鶏を牽制《けんせい》する。チャチャと呼ばれた鶏は、わかったのか、そうでないのか、ココッと応《こた》えた。

「だん（旦那）さん、灸をしていたのか？　灸は熱いだろう」

道助は又兵衛に訊く。背丈はそれほどでもないが、堅肥《かたぶと》りの身体をしている。丸顔に愛嬌《あいきょう》がある。道助はよく食べるので、母親のおえんは晦日《みそか》に米屋の支払いが大変だと、おいせにこぼしていた。

「熱くねェ灸があるものか」

又兵衛は、むっとした顔で応えた。道助は愉快そうに、違いねェ、と笑った。

「お前は灸をしたことがあるのか」

又兵衛が続けると、おいら肩凝りしねェものと言う。

「それもそうだよね。みっちょは若者だから、今から肩なんて凝らないよね。冷たい麦湯を飲むかえ」

おいせは優しく道助に訊く。

「ごっそうさん」

道助はまた、丁寧に礼を言う。礼儀は厳しく叩《たた》き込まれているようだ。

おいせは湯呑《ゆのみ》に麦湯を入れて出し、ついでに到来物《とうらいもの》の煎餅《せんべい》も添えた。道助は丈夫そうな歯で煎餅をぱりりと噛《か》み、チャチャにも煎餅を細《こま》かくした物を与えた。

道助のために両親は天野屋の裏手に鶏小屋を設《しつら》えている。およそ十二、三羽の鶏の世話を道助は一人でしている。

客に出す卵料理は、ほとんど道助が飼っている鶏が産むもので間に合っているという。

鶏のふんは飼料にするとかで、近所の人間が貰《もら》いに来るそうだ。道助は立派に生計の足しになっている。親の脛《すね》を齧《かじ》っている道楽息子より、ずんとましだと又兵衛は思う。しかし、両親ときょうだいは当然ながら道助の将来を案じていた。

特に母親のおえんは、自分が死んだ後、道助がどうなるのだろうと考えて眠れない夜があると、それもおいせに明かしている。おいせはおえんが可哀想《かわいそう》で、思わず貰い泣きしたそうだ。

「相変わらず、めしは腹一杯喰っているのか」

呑気《のんき》に煎餅を齧る道助に又兵衛は訊く。暑さをものともしない道助が羨《うらや》ましかった。

「おっ母《か》さんの拵《こしら》えるめしはうまいからね」

道助は邪気のない笑みを浮かべて応える。

「そうか、それは何よりだ」

「だんさんは、あまりめしを喰っていねェのかい」

「この暑さじゃ、めしの面《つら》も見たくねェよ」

「喰わなきゃ、おっ死《ち》ぬぜ。そしたら、おかみさんが、おいおい泣くわな」

「………」

なぜか道助の言葉が又兵衛の胸に滲《し》みる。それが不思議でならない。

「そうだな。うちの奴のためにもがんばってめしを喰うことにするよ」

又兵衛は殊勝《しゅしょう》に応えた。道助は、ふと思い出したように単衣の袖《そで》を探《さぐ》り、そこから殻の赤い卵をひとつ取り出した。

「だんさん、卵喰え。チャチャがさっき産んだばかりだから、めしに掛けて喰え。うめェぞ」

「いいよ。見世に持って行きな」

「うちの分は間に合っているよ。おかみさんが煎餅を出してくれたからお礼にするよ。人に親切にされたらお礼しろと、うちのおっ母さんも言ってる」

「そうけェ……」

またも又兵衛は胸にぐっと来ていた。

「みっちょ、ありがとう。うちの人に、さっそくお昼は卵掛けごはんを食べさせるよ」

おいせは遠慮せず、大事そうに水屋へ持って行った。

「見世には客が来ているかい」

又兵衛はさり気なく天野屋の様子を訊いた。

「まずまずだな」

道助は分別臭い表情を拵えて応える。

「そいつはよかった」

「見世を拡《ひろ》げてから急に忙しくなった。おいら、見世より鶏小屋をでかくしてくれたほうがよかったのに」

天野屋は、以前は間口二間（約三・六メートル）の狭い見世だった。客を通す部屋も三つばかりしかなかった。

天野屋の隣りは年寄り夫婦が花屋を営《いとな》んでいたが、三年ほど前、主《あるじ》が病を得て死ぬと、残された女房は娘夫婦の家に身を寄せることとなった。その時に道助の父親はその家を買い取って、客間を増築したのだ。そのお蔭《かげ》で、大人数の客も捌《さば》けるようになり、天野屋の実入りも増えているという。見世は両親と道助の兄夫婦、姉夫婦で切り守《も》りされていて、他の奉公人は置いていなかった。家族で商売しているところが客の受けもいいようだ。

「見世がでかくなってから、富沢町《とみざわちょう》の小母《おば》ちゃんもさっぱり来なくなった。前はお菓子や水菓子を持ってきてくれたのによう」

道助は不満そうに続ける。

「誰だ、富沢町の小母ちゃんたァ」

「富沢町の小母ちゃんは富沢町の小母ちゃんよ」

そういうところは埒《らち》が明かない。

「お内儀《かみ》さんの幼なじみで、確か畳屋さんに嫁いでいる人じゃないかしら」

おいせが口を挟んだ。道助は、そうそう、畳屋よ、と嬉しそうに肯《うなず》いた。

「畳屋の職人は正直者しかなれないんだと」

道助は訳知り顔で又兵衛に言う。その時、チャチャが土間から板の間に飛び上がった。

「こら、こんちくしょう。鶏鍋にされてェのか！」

道助は慌《あわ》ててチャチャを取り押さえ、小脇に抱えた。そうされると鶏はおとなしくなった。おいせはチャチャに突っつかれるのを恐れていたので、ほっとした顔になった。

「どうして畳職人は正直者じゃなけりゃ駄目なのよ」

又兵衛は疑問を感じたので訊いてみた。

「畳替えする時、古い畳を剝《は》がすと、下からへそくりなんぞが出るだろうが」

「ああ、そういうことか。悪い奴ならそっと手前《てめ》ェの懐《ふところ》に入れるかも知れねェな」

「そうそう。それでな、親方の所に小僧が弟子入りする時は正直者かどうか試《ため》すんだと」

「どうやって」

「長火鉢の傍《そば》や、箪笥《たんす》の隙間《すきま》にそっと銭を置くんだと。小僧は最初の内、家ん中のことをさせられるじゃねェか。部屋の中を箒《ほうき》で掃《は》いたり、雑巾《ぞうきん》掛《が》けをしなけりゃならねェ。その時に銭を見つけて、お内儀さん、ここに銭が落ちていましたと言えば弟子になれるのよ」

「なるほど。そうじゃない者は親許《おやもと》に帰されるのか」

長く生きてきた又兵衛でも初めて聞く話だった。

「帰す時の理屈がよう、ふるっているのよ。お宅の息子さんは知恵が回るので畳職人よりも別の所へ奉公させたほうがいいと言うんだと。手癖《てくせ》が悪《わ》りィとは言わねェらしい」

又兵衛は声を上げて笑った。

「うまいことを言うものですね。そうすりゃ、角《かど》を立てずに帰すことができるし」

おいせは感心した表情で言う。

「しかし、はっきり言ってやるほうが、倅《せがれ》のためだとおれは思うがな」

又兵衛は不満そうに言葉を返した。

「おいらは正直者だが、畳職人は無理だ」

道助は低い声になった。

「どうしてよ」

「頭がとろいから」

「………」

「そんなことないよ。みっちょは鶏の世話をしているじゃないか。あたしにはとてもできないよ。世の中はね、何《な》んでも向き不向きがあるから、みっちょは鶏の世話をこれからもするといいよ」

黙った又兵衛の代わりにおいせが言った。

道助は安心したように笑顔を見せた。

道助が帰ると、又兵衛は卵掛けごはんを昼めしにした。ぷっくりと弾力のある黄身の味は格別だった。又兵衛は少し元気を取り戻したような気がした。

二

その噂《うわさ》が町内に流れるようになったのは盂蘭盆《うらぼん》を過ぎた辺りからだった。親が眼を離した隙に幼い女の子がかどわかされ、あろうことか殺されるという事件が続いた。幼い娘を持つ親は下手人《げしゅにん》が捕縛《ほばく》されるまで誰しも気が気ではない様子である。恐らくは悪戯《いたずら》目的であろう。聞きたくない話だが、現実に起こっているのだから、見て見ぬ振りもできない。

又兵衛もそれとなく町内に注意深い眼を向けていた。

大伝馬町《おおてんまちょう》で瓢箪長屋《ひょうたんながや》と呼ばれる裏店《うらだな》の大家（差配《さはい》）をしている孫右衛門も大層心配している様子で、日に一度は堀留町の会所を訪れ、変わったことがないかと訊きに来ていた。

「下手人はまだ捕まらねェのか」

又兵衛は午前中に訪れた孫右衛門にいらいらした表情で訊いた。

「敵はあちこちの盛り場に現れるんで、足取りが摑《つか》めないらしい。すんでのところでかどわかしを免《まぬが》れた娘の親は、逃げて行く男の姿を見ている。二十歳《はたち》ぐらいの若い男だったそうだ」

「若い男？　それなら年端《としは》も行かない子供よりも若い娘の後を追い掛けるものだろうが」

「うん。だから、まともな娘に相手にされない奴だろうと、大伝馬町の親分も言っていたよ。頭が少しおかしいのかも知れない」

大伝馬町の親分とは界隈《かいわい》を縄張《なわば》りにする四十がらみの勝蔵《かつぞう》という岡っ引きのことだった。

「奉行所も下手人の心当たりがないかと町触《まちぶれ》を出したんだよ。それは知っているだろう？」

孫右衛門は早口に続ける。

「ああ」

又兵衛のいる会所にも町触の紙が回ってきていた。それをおいせは油障子に糊《のり》で貼り、近所の人々に注意を促《うなが》していた。

「昨日、浜町堀《はまちょうぼり》の自身番に商家のお内儀らしいのから、気になる若者がいるから調べてはどうかと届けがあったんだ」

「ようやく心当たりのある者が現れたんだな」

下手人や咎人《とがにん》は、奉行所の役人や岡っ引きが取り調べをする前に、近所の人間ならそれとなく気づいている場合が多い。この度もそうなのだろうと又兵衛は思った。

「そいじゃ、おっつけ下手人は捕まるな」

又兵衛はほっとした顔で孫右衛門に言った。

しかし、孫右衛門の顔色は冴《さ》えなかった。

「それがねえ、天野屋のみっちょのことなんだよ」

孫右衛門はため息交じりに応える。

「何んだって！　みっちょがそんなことをするものか」

又兵衛は声を荒らげた。

「わたしだってそう思っているよ。みっちょは子供に悪戯するような奴じゃない。まして殺すなんざ……しかし、何んだかんだ言っても男だし、ふと魔が差すことだってあるかも知れないじゃないか」

「…………」

「浜町堀の親分は今日明日にでも天野屋に行って事情を聞く様子だ。そうなると、天野屋の商売にも影響が出るよ。悪い噂は商家の命取りだからね」

情況は道助に対して不利な流れになっているようだ。何か手立てはないものだろうか。じっと考えていると、ふと小さな疑問に気づいた。

「みっちょのことは、この近所の人じゃなくて、浜町堀のお内儀さんが自身番に届けたそうだが、そのお内儀さんは、みっちょのことをよく知っている人なのかい」

「ああ。天野屋のお内儀さんの幼なじみだから、みっちょのことは生まれた時から知っているよ。そのお内儀さんには、みっちょの様子が怪しく見えたんだろう」

「もしかして、そのお内儀は富沢町の畳屋じゃないのかい」

「畳屋は畳屋だけど、富沢町まで知らないな。わたしは浜町堀と聞いていただけだ」

「富沢町は浜町堀の近くの町じゃないか」

「それもそうだね」

孫右衛門は得心して肯いた。しかし、又兵衛は解《げ》せなかった。幼なじみなら自身番に届けるより先に天野屋のお内儀に知らせるべきだ。気分を害されるのを恐れ、直接言えなかったのだろうか。しかし、幼なじみで今でも親しくつき合っている仲なら、それとなく注意を促すぐらいはできるはずだ。道助が普通の若者ではないのだから、天野屋のお内儀は気分を害したとしても聞く耳は持っていると思う。又兵衛はそのお内儀と天野屋のお内儀との間に、何か訳がありそうな気がした。

「おれはちょいとこれから天野屋へ行ってくるよ」

「わたしも行くよ」

孫右衛門もすぐに言った。

「そうかい。恩に着るよ」

いやな話をしなければならないので、もちろん、孫右衛門が傍にいたほうが心強い。

「何んだよ、改まって。気持ちが悪いよ。友達に、いちいち恩を感じていたら身がもたないよ」

孫右衛門はそう言って又兵衛をいなした。

そうだ、それが友達というものだ。畳屋の女房のやり方は承服できない。それとも、男と女では違うのだろうか。小舟町の天野屋へ行く道々、又兵衛はそんなことを考えていた。

午前中の天野屋はまだ客も訪れておらず、猪牙舟《ちょき》や屋根船が堀に舫《もや》われていた。紺《こん》に白で天野屋と染め抜いた暖簾《のれん》を搔《か》き分けると、見世の中はしんとしていた。浜町堀の岡っ引きは早くも訪れて道助をしょっ引いたのだろうかと、悪い想像もした。

しかし、ほどなく、お内儀のおえんが笑顔で出てきたので、そうではないなと、又兵衛はほっとした。

「あらま、会所の又兵衛さん、それに瓢簞長屋の大家さんもご一緒で。本日は何かございましたでしょうか」

おえんは祭りの寄付でも集めに来たのかという表情だった。

「浜町堀から誰か来た様子ですかい」

又兵衛がさり気なく切り出すと、おえんは、いいえ、と応えた。おえんは、岡っ引きではなく、畳屋の女房のことだと思ったようで、近頃は、おこうさんも忙しい様子で、さっぱり顔を見せないのですよ、と言った。

「実はね、いやな話をしなけりゃならないんですよ。ちょいとお邪魔したいが、よろしいでしょうか」

「ええ、どうぞ、どうぞ」

おえんは訝《いぶか》しい表情になったが、すぐに内所《ないしょ》（経営者の居室）に二人を促した。

おえんは台所仕事をしていた娘に茶の用意を言いつけた。

「旦那と若旦那はお出かけかい」

座蒲団《ざぶとん》に座ると孫右衛門が訊いた。

「ええ。湯屋に行って、それから髪結床《かみゆいどこ》に廻《まわ》ると言っておりました。道助も連れて行きましたよ。道助は、お湯に入るのは好きですが、髪を結《ゆ》うのがいやなんですよ。うちの人と常助《つねすけ》が一緒じゃないと、すぐに逃げ出してしまうもので」

おえんは眉間《みけん》に皺《しわ》を寄せて困り顔をした。

細面《ほそおもて》で色が白い。船宿のお内儀らしい粋《いき》な風情《ふぜい》を感じさせる女だった。年は五十を過ぎていると聞いているが、大層若々しく見える。何より笑顔がよかった。常助は長男の名前らしい。家族で道助の面倒を見ている様子が又兵衛には健気《けなげ》に感じられた。そんな家族に道助の悪い話を本当は聞かせたくなかった。

又兵衛がかどわかしの話を切り出せずにいると、孫右衛門が代わりに口を開いた。おえんは、まあ、物騒ですね、うちも気をつけなければ、と心配そうに応えた。常助には七歳の娘と三歳になる息子がいた。常助の妹のおさきには、まだ子供がいなかった。常助の女房は子供を連れて買い物に出かけたという。見世には、おえんとおさきがいるだけだった。落ち着いて話ができるのが幸いだと又兵衛は思っていたが。

孫右衛門が道助に疑いが掛かっていると言うと、おえんは衝撃を受けた様子で帯の上の辺りを掌《て》で押さえた。動悸《どうき》も高くなってきたらしい。

「誰がそんなことを言ったんですか」

茶を運んできたおさきにも話が聞こえていたようで、声を荒らげて訊いた。おえんとよく似ていて、色白の可愛らしい若妻だった。

「それがねえ、富沢町の畳屋のお内儀がみっちょのことを調べたらどうかと自身番に届けたそうなんですよ。聞けば、そのお内儀とおえんさんは幼なじみで親しい間柄だそうじゃねェですか。おれは富沢町のお内儀のやり方がどうにも解せなくて、こうしてやってきた次第なんですよ」

又兵衛はおえんとおさきの顔を交互に見ながら、ようやく言った。

「あの小母さん、おっ母さんに悋気《りんき》（嫉妬《しっと》）しているのよ。あたしが小さい頃はお父《と》っつぁんが船頭《せんどう》をして客の送り迎えをし、おっ母さんが客に出す料理を拵《こしら》えていたんですよ。奉公人を雇える余裕がなかったんです。今でもその流れで家族だけで商売をしておりますが、その頃は晦日になると酒屋や魚屋の支払いにも苦労をしていた。そういう時、富沢町の小母さんがやってきて、自分の着物をおっ母さんにくれたり、到来物の蒲鉾《かまぼこ》を持ってきて、客にお出ししろと親切だった。みっちょが生まれて、普通の子供じゃないとわかった時は涙を流して泣いてくれましたよ。あたしも、いい小母さんだと慕《した》っていたんです。昔は、ずい分、可愛がって貰いましたよ。富沢町の家に泊まったことだって何度もありました。でも、それは本当におっ母さんを思ってしたことじゃなかったんです。おっ母さんが困っていれば、あの人は気分がよかったんです。おっ母さんより自分のほうが恵まれていると内心では得意だったんでしょうよ。その証拠にうちが見世を拡げ、商売に弾《はず》みがつくと、ぱったり顔を見せなくなった。本当なら、よかった、よかったと喜んで様子を見にくるはずじゃないですか」

おさきは、いっきにまくし立てた。

「およし、おさき」

おえんは低い声で制した。

「だって、みっちょのことだって、よそでは悪口を言ってるのよ。おっ母さんだって知っているじゃないの」

「あの人に悪気はないんだよ」

「おっ母さんはぼんやりなのよ。おまけにかどわかしの疑いでみっちょのことを自身番に届けるなんて気が知れない。みっちょは日中、チャチャを抱えて散歩に行くけど、ごはんの時分には必ず戻ってくるじゃない。どこにかどわかしをする隙《ひま》があると言うのかしら」

おさきは気性の激しい質《たち》らしい。それは道助のことで苛《いじ》められたことがあるせいかも知れない。子供は残酷《ざんこく》だから何かあれば弱みを突く。おさきは道助のために気丈に振る舞ってきたのだろう。

「三度のめしには必ず戻ってくるなら、みっちょの疑いも少しは晴れるというものですよ。みっちょは長い時間、留守にしていないんだね」

念のため孫右衛門が訊くと、おさきは鋭い眼で孫右衛門を睨《にら》み、ありません、と大きな声を出した。

「おさき、お前がいると話が進まないよ。台所にお下がり。今夜は牛島《うしじま》様がおいでになるから、卵焼きを拵えておくれ」

おえんはおさきを制した。牛島様とは天野屋の得意客のことらしい。おさきは不満そうだったが、渋々、肯いた。

「申し訳ありません。娘はきつい性格なもので」

おえんはすまない顔で二人に詫《わ》びた。

「いやいや。しっかり者の娘さんで頼もしいですよ。しかし、畳屋のお内儀の気持ちがわかりませんなあ。いったい、どういう人なんですか」

又兵衛は不審な思いが拭《ぬぐ》い切れなかった。

「あたしの実家は亀井町《かめいちょう》にあって、おこうちゃんの実家も近所でした。裁縫の稽古《けいこ》所で一緒になったのがきっかけでなかよしになったんです。その頃はおこうちゃんがいなけりゃ、夜も日も明けないほど、あの人が大好きでしたし、向こうもそう思っていたでしょう。あたしのてて親は鳶《とび》職をしており、おこうちゃんのてて親は手間取りの畳職人でした。暮らしぶりもそれほど違っていませんでしたから、なおさらなかよくできたんですね」

おえんはぽつぽつと自分とおこうのことを話し始めた。

年頃になると二人に当然ながら縁談が持ち上がった。最初に祝言《しゅうげん》を挙《あ》げたのはおこうだった。父親が世話になっている畳屋「下野屋《しもつけや》」の長男と一緒になったのだ。下野屋の嫁になると、舅《しゅうと》、姑《しゅうとめ》は娘がいないせいもあっておこうを可愛がり、季節ごとに着物や帯を誂《あつら》えてくれ、芝居見物や花見、月見にもおこうを着飾らせて連れ出した。気骨《きぼね》が折れるのよ、とおこうは言っていたが、内心では嬉しくて仕方がなかったのかも知れない。そのような贅沢《ぜいたく》は嫁になるまでおこうは経験したことがなかった。

一方、おえんは天野屋の主の清蔵《せいぞう》と相惚《あいぼ》れの仲だったが、舅はともかく、姑はおえんを嫁にすることに不承知だった。実家の援助が期待できる娘と息子を一緒にさせたかったらしい。一時はおえんも、その縁談を諦《あきら》め掛けたことがあった。むろん、おこうにも何度か相談した。おこうは表向き、がんばってとおえんを励ましてくれたという。悩んでいた期間は長かった。おえんは行き後《おく》れと陰口を叩かれる二十歳過ぎまで独《ひと》りでいた。やがて姑は折れた。清蔵が他の縁談に耳を貸さなかったせいもあった。

最初におえんがおこうに対して怪訝《けげん》な思いを抱いたのは清蔵との祝言の席だった。派手なことができなかったので、祝言も天野屋の座敷で家族と親戚だけを集めた質素なものだった。本当はおこうにも遠慮して貰いたかったが、おこうが是非にもおえんの晴れ姿が見たいと言ったので、姑に頭を下げて許して貰った。おえんは古着屋から買った小紋の着物に手持ちの帯を締め、清蔵もまた、普段着の着物に紋付羽織《もんつきばおり》を重ねた恰好だった。他の出席者も似たようなものだった。ところがおこうは、その日のために呉服屋で誂えた留袖《とめそで》に緞子《どんす》の帯を締めて、しゃなりしゃなりと現れたのだ。花嫁のおえんよりも目立った。おまけに皆のいる前で、あら、おえんちゃん、着物と襦袢《じゅばん》の袖丈が合っていないねえ、どうしたんだろうと言った。おえんは着物に合った襦袢まで用意できなかったのだ。笑ってごまかしたが、おえんは惨《みじ》めな思いを味わった。

しかし、晴れて天野屋の嫁になったおえんは倖《しあわ》せだった。食べるだけの、かつかつの商売をする船宿でも清蔵と一緒にいられるだけでよかった。姑はおえんに対して相変わらず邪険だったが、おえんは何んでも、はいはいと応えて逆《さか》らわなかった。舅と姑は常助とおさきが生まれた頃に相次いで死んだ。その後に生まれた道助の心配をさせることがなくてよかったと、おえんは言った。どこまでも舅、姑に従順なおえんに又兵衛も孫右衛門も感心した。

「祝言のことは呆《あき》れたが、その他にも色々あったのかい」

孫右衛門はおこうの話をもっと聞きたい様子だった。

「小さなことですから、気にしないようにはしていましたが、後で一人になった時、腹が立って眠れないことがありました。特に道助の悪口を他人様《ひとさま》に言っていると知ると、どうして庇《かば》ってくれないのだろうと恨みに思いましたよ」

「そうだねえ、友達だったら庇うのが本当だよ」

孫右衛門は相槌《あいづち》を打つように応える。

「他人が何んと言おうと、道助はうちの宝息子ですよ。道助が生まれてから商売も上向きになり、常助とおさきはよい連れ合いに恵まれ、しかも、同居して天野屋を守《も》り立ててくれています。皆《み》んな、とてもなかがよくて、高い声を上げた喧《けん》嘩《か》など一度もしたことがないんですよ。あたしは母親として、これ以上の倖せはないと思っておりますよ」

「みっちょが皆んなの和を保っているんだね」

又兵衛はしみじみと言った。

「そうなんですよ、又兵衛さん。だからあたしは道助を宝息子だと言うんですよ」

おえんは泣き笑いの表情でそう言った。

三

「宝息子か……」

天野屋を出た又兵衛は独り言のように呟《つぶや》いた。

「それでも、あのお内儀さんはみっちょの先行きが案じられるのだろうね」

孫右衛門はおえんの胸中を慮《おもんぱか》る。

「若旦那とおさきちゃんがいれば心配することはないよ。その先は二人の子供達がみっちょの面倒を見てくれるだろうし」

又兵衛は孫右衛門を安心させるように言った。

「それもそうだね。あの家族なら安心だ」

「おれはみっちょを見ていると不思議な気持ちになるんだよ。親が何んの不足もなく産んでやったのに、真面目《まじめ》に働くこともせず、酒に溺《おぼ》れたり、浮気に走ったり、他人様の迷惑になるようなことをする奴がいるじゃないか。おなごだって同じだ。人よりいい所へ嫁ぎたい、貧乏なんてごめんだという者が増えているよ。家の中のことをするより手前ェの楽しみを先に考えるんだ。口を開けば他人の悪口だ。そういう連中がみっちょより人間が上等とは思えないんだよ。それでもそういう連中はみっちょのことをばかにする。おかしな話じゃないか」

「又さんの言う通りだよ。世の中には様々な人がいるよ。それを受け入れられるかどうかで人の器量が決まるのさ」

「孫さん、いいこと言うね」

「そうかい」

孫右衛門は照れたように笑う。

「しかし、天野屋のお内儀さんは、なまじ人がいいものだから、友達の選び方を間違えたんだな。畳屋の女房の本心に長いこと気づかなかったんだから」

又兵衛がそう言うと、孫右衛門は、そいつはちょいと違うと思うよ、と言った。

「ほう、どう違う」

「男は相手の境遇がどう変わろうと友達でいられるよ。よほどひどい裏切りでもない限りだが。しかし、おなごは同じ境遇だとなかよくなれるが、極端に差が出た時は続かない。どちらかが身を引くよ」

「だけど、天野屋のおえんさんが身を引いた様子はなかったと思うが。境遇がよかったのは畳屋のほうだろう？」

「それもそうだね。こうなると、畳屋の女房に何か事情があると考えたくなるよ。見世を拡げて商売に弾みがついたぐらいで悋気するだろうか。みっちょに不利になるようなことまでしてさ。よし、勝蔵親分にそこんところを詳しく訊いてみよう。何か出てくるかも知れない」

孫右衛門はそう言って、又兵衛を大伝馬町の自身番へ促《うなが》した。

大伝馬町の自身番に着くと、ちょうど勝蔵は中にいた。書役《かきやく》の松吉《まつきち》と何やら込み入った話をしていた。

「親分、天野屋のみっちょのことですが……」

口を開いた孫右衛門に皆まで言わせず、ああ、疑《うた》げェは晴れたぜ、と、勝蔵はあっさり応えた。

又兵衛と孫右衛門は呑み込めない表情で顔を見合わせた。

「大家さん、又兵衛さん、どうぞ中へ」

松吉は如才《じよさい》なく促し、茶の用意を始めた。

松吉は三十がらみの男だが、引っ込み思案の性格なので、あちこち奉公先を替え、ようやく自身番の書役に納まっていた。

「どういうことなんでしょうか」

孫右衛門は座敷に上がると早口に勝蔵へ訊いた。

「浜町堀界隈を縄張にする土地の御用聞きがさっきまでここにいたのよ。富沢町の下野屋のお内儀がかどわかしの件で天野屋の次男坊のことを調べたらどうかと届けていたが、縄張違いでもあるし、どうしたものかとおれに相談してきた。おれだって、小舟町は縄張違《ちげ》ェだ。小舟町へ行く前に、おれは色々と下野屋のことを訊《たず》ねたのよ。するとな、おかしなところが出てきた」

「おかしなところとは?」

又兵衛は、つ、つっと膝を進めて勝蔵の顔を見た。無精髭《ぶしょうひげ》が目立つ赤ら顔で、ついでに鼻の頭も赤い。ぎろりとした眼は睨《にら》みが利《き》くので、界隈の住人は勝蔵を頼りにしていた。

「下野屋は娘が三人で、一番下が倅よ。でェじな跡継ぎができたと、倅が生まれた時、主は町内を小躍りして触れ回ったそうだ。蝶《ちょう》よ、花よと……こいつは娘に言う台詞《せりふ》か。とにかく、倅がほしがる物は何んでも与えて育てた。結果、とんでもねェ道楽者ができ上がった。家の商売にゃ見向きもせず、ダチとつるんで湯屋の二階で日がな一日たむろしているありさまだ。女癖も相当に悪くてな、手ごめにされた娘も二人や三人じゃねェらしい。当然、嫁に来るような娘もいなかったのよ。倅の面《つら》を見れば娘は皆、避けて歩いているよ。そういう倅だから、この度の事件についちゃ、下手人は下野屋の倅じゃねェかと近所は噂しているらしい。下野屋のお内儀は倅を庇うために天野屋の次男坊のことを持ち出したふしがある」

「そいじゃ、例のかどわかしは畳屋の倅ですかい」

又兵衛は早口に訊いた。

「まだそうと決まっちゃいねェ。下野屋の倅は確かに女癖は悪いが、いたいけな餓鬼《がき》に乙な気分になるほど女ひでりはしていねェ。それで浜町堀の御用聞きは調べを進めているところよ」

「みっちょの疑いが晴れたのは、どういう理由からですか」

孫右衛門は口を挟んだ。

「天野屋の次男坊は手前ェの近所しか歩き廻らねェ。遠出する時は兄貴かてて親がつき添うのよ。かどわかしは両国《りょうごく》広小路だの、浅草《あさくさ》広小路だの、盛り場で起きている。親が眼を離した際にかどわかされているんだ。その辺りで天野屋の次男坊を見た者はいねェしよ、こいつは違うとおれは思ったし、浜町堀も同じ考えだった」

「なるほど。みっちょの疑いは晴れたが、畳屋のほうはまだということですね」

又兵衛は念を押した。

「ああ。下野屋の倅は向こうの自身番に呼び出されて、色々事情を訊かれるだろう。下野屋と天野屋のお内儀は幼なじみというじゃねェか。こんなことが起きると、こいつはあれだな、つき合いは途絶えるな」

勝蔵はそう言って短い吐息をついた。

後のことは勝蔵に任せて、二人は大伝馬町の自身番を出たが、又兵衛は下野屋のおこうの気持ちが理解できなかった。それが喉に刺さった小骨のようにもどかしかった。

「おれ、畳屋の女房と話をしてみたいんだが」

おずおずと言った又兵衛に、そんなことをしても無駄だよ、と孫右衛門は応える。

「だけど、天野屋の話を聞いても、親分の話を聞いても、非があるのは向こうということになる。おれはそこんところに得心が行かないんだよ。おえんさんが困っていれば畳屋の女房は気分がよかったなんて、おさきという娘は言っていたが、本当かな」

「人の不幸は蜜の味というじゃないか」

「それはそうだが、みっちょに罪を押しつけるのはやり過ぎだよ。ここはもっと深い理由がありそうな気がするよ」

そう言った又兵衛に、孫右衛門は思案顔をして黙った。しばらくしてから低い声で口を開いた。

「下野屋は見世を拡げただけで天野屋に悋気はしないよ。旗本屋敷の御用達《ごようたし》の畳屋だ。道楽息子を拵えるほどだから金に困っている様子もない。よし、思い切って当たってみるか。わたしらはどちらにも加勢しない。中庸《ちゅうよう》の心で物事を判断するんだ」

孫右衛門は難しい言葉を遣《つか》った。

「その前に腹が空《す》いたよ。蕎麦《そば》でもたぐってからにしようよ」

ちょうど昼刻《ひるどき》の時分になっていたので、富沢町へ行く前に又兵衛は腹ごしらえをしたかった。ようやく食欲が出てきたようだ。

「腹が減っては、戦《いくさ》はできぬだね」

「これは戦かい」

又兵衛は茶化すように訊く。

「町内の御用をするわたしと又さんにとって、立派な戦だよ」

孫右衛門は重々しい口調で応えた。

四

富沢町の下野屋は土間口も広く、丸めた畳表が何本も壁に立て掛けられており、筵《むしろ》を敷いた上には真新しい畳が積み上げられていた。

見世の隣りは細工場《さいくば》になっていて、下野屋の印半纏《しるしばんてん》を羽織った畳職人が入れ替わり立ち替わり出入りして、繁昌《はんじょう》の様子を窺《うかが》わせた。

応対に出てきた手代《てだい》に取り次ぎを頼むと、手代は、ただ今、取り込み中なんですが、と言い難《にく》そうに応えた。

「実は、その取り込みのことでわたしらもやってきたんですよ。若旦那の疑いを晴らすためにも、ここは是非ともお内儀さんの話が聞きたいと思いましてね。申し遅れましたが、わたしは大伝馬町で裏店の差配をしております孫右衛門という者です。こちらは堀留町の会所を預かっている又兵衛さんです。天野屋さんのこともよく知っている人ですよ」

孫右衛門がそう言うと、若い手代は慌てて内所に向かった。ほどなく手代は戻ってきて、どうぞお上がり下さいませ、と言った。

二人は、ほっと安心して履物を脱いだ。

八畳間ほどの内所には立派な神棚が設えてあり、その神棚を背にしてお内儀のおこうが座っていた。泣いたような潤《うる》んだ眼をしていたのは、息子がしょっ引かれたせいだろう。

藍《あい》色の単衣に錆朱《さびしゅ》の帯を締めた大層、品のよい女だった。

「お初にお目に掛かります。手前、堀留町の会所を預かっております又兵衛と申します」

「わたしは大伝馬町の裏店の差配をしております孫右衛門でございます」

二人は改めて挨拶《あいさつ》した。おこうは小さく頭を下げ、手代に茶の用意を言いつけた。

「旦那はお留守でございますか」

姿の見えない主を気にして孫右衛門は訊いた。

「うちの人は息子につき添って自身番に参りました」

「ご心配ですなあ。お気持ち、お察し致しますよ」

又兵衛がそう言うと、畏《おそ》れ入ります、とおこうは伏し目がちに応えた。

「天野屋のみっちょの疑いは晴れました。奴は一人で遠出ができないんですよ。事件の起きた近くでみっちょを見た人もいないようなので」

又兵衛は話を続けた。そうですか、とおこうは気のない返事をした。

「つかぬことを伺《うかが》いますが、お内儀さんは、どうしてみっちょのことを調べたらどうかと土地の親分におっしゃったのですか。それはお宅の息子さんの疑いを逸《そ》らすためですか」

孫右衛門は言い難いことを言った。おこうは黙ったまま手巾《しゅきん》で口許を押さえた。図星《ずぼし》だったのだろうかと又兵衛は思った。

「天野屋のお内儀さんとは幼なじみで、その後もなかよくされていたご様子でしたね。天野屋が見世を増築してからつき合いが途絶えたようなことを向こうは言っておりましたが」

孫右衛門は澱《よど》みなく話を進める。ええ、その通りですよ、増築のお祝いにも行っておりません、とおこうは応えた。

「なぜですか。友達だったら祝いを持って駆けつけるのが普通だ」

又兵衛は詰《なじ》るように言う。

「なぜって、おえんちゃんは増築する時、うちじゃなくて、よその畳屋に仕事を頼んだんですよ。確か大伝馬町の『備後屋《びんごや》』さんだったと思いますけど。畳を運ぶ手間が大変だから近くの見世に頼んだと言い訳しておりましたが、うちは江戸市中ならどこへでも運びますよ。あたし、悔しくって。あたしらのつき合いは何んだったのかと、つくづく考えてしまいましたよ。畳を入れる時ぐらい、うちの見世を使ってくれてもいいじゃないですか」

それを聞いて又兵衛と孫右衛門は顔を見合わせた。おえんは、そんなことはひと言も言わなかった。

「手間賃が高くつくと思ったのでしょうね。うちの人はあたしの友達なら、ちゃんと予算の内で間に合わせてくれますよ。少しぐらい足が出ても大目に見たはずです。それを……」

おこうは悔しそうに続ける。

「お内儀さんが怒るのも無理はないですよ。そうですかい、そんな経緯《いきさつ》があったんですかい」

又兵衛はようやく合点《がてん》する思いだった。

「みっちょのことを親分に届けたのは、どういう理由だったんですかい」

答えのなかった問い掛けを又兵衛は繰り返した。

「みっちょは小さい生きものが好きなんですよ。鶏でも子供でも。ああいう子ですから、この度《たび》のような事件が起きると心配になって、浜町堀の親分さんに気をつけて見てやってほしいと頼んだだけです。届けるとか訴えるなんて気持ちはありませんでした」

「しかし、間の悪いことにお宅の息子さんにも疑いが掛けられた時にみっちょのことをおっしゃったので、どうしたってお内儀さんが策を弄《ろう》したように思われてしまったようです。天野屋のお内儀さんが困っていればお内儀さんは気分がよかったなどと言う者もおりますので」

孫右衛門はずけずけと言う。又兵衛は内心でそこまで言わなくてもと思っていたが、言ってしまったのだから仕方がない。

「ずい分、嫌われたものですね。あたしは思ったことをすぐに口にする性分なので、色々と誤解されることも多かったですよ。そのことで、いつもうちの人に叱《しか》られておりました。でも、おえんちゃんが困っていれば気分がよかっただなんて、そこまで人は悪くありませんよ」

「みっちょの悪口を喋っていたという噂もありますが」

と、孫右衛門は話を続ける。

「あたし、悪口を言ったつもりはありませんよ。小舟町で顔見知りになったおかみさんと道端で立ち話をしていて、みっちょのような息子がいては、天野屋のお内儀さんは安心して死ぬこともできないだろうと相手が言ったので、相槌を打っただけですよ。それが悪口を言ったことになるのでしょうか。おちおち、ものも喋られませんね」

おこうは苦笑交じりに言う。

「お内儀さんのお話はようくわかりました。天野屋さんだけの話を鵜呑《うの》みにしていたら、おれ達もお内儀さんを悪者にするところでしたよ。いや、出かけてきてよかった」

又兵衛は朗《ほが》らかな声で言った。

「まだ、ここの倅の疑いが晴れない内は安心できないよ」

孫右衛門はそっと又兵衛を制した。

「それもそうだね」

「うちの息子は遊び暮らしていたから、こんな目に遭《あ》うんですよ。いい薬になったと思います。これからは性根を入れ換えて家の商売をしてくれるといいのですが……」

おこうは低い声で言った。

「遊んで固まった男はしっかりすると、世間では言いますよ。若旦那もその口でしょう」

孫右衛門はようやく気の利いたことを言った。おこうは寂しい笑みを洩らした。息子を案じるおこうの表情は天野屋のおえんと同じだった。

「また以前のように、おえんさんとなかよくできるといいですね。みっちょはお内儀さんがさっぱり顔を見せないと寂しがっておりましたよ」

又兵衛がそう言うと、おこうの唇がわなわなと震え、とうとう腰を折って咽《むせ》び泣いた。気丈に振る舞っていたが、みっちょのことで張り詰めていたものが弛《ゆる》んだのだろう。

みっちょは、やはり宝息子だ。又兵衛は改めてそう思うのだった。

「悋気していたのは天野屋のおえんさんのほうだったんじゃないかと、わたしは思うよ」

暇乞《いとまご》いして下野屋を出ると、孫右衛門が歩く道々、そう言った。

「さて、それはどうかなあ。どっちもどっちじゃねェのかい。確かに嫁入りした当初は下野屋のお内儀のほうが恵まれた暮らしをしていただろう。それを得意に思う気持ちが下野屋のお内儀にも少しはあったはずだ。だが、今は同等だと思うよ。お互い、頼りにならねェ倅を抱えているとなればなおさらだ」

「まあ、そう言われりゃ、そうだね。下野屋の倅が下手人じゃなけりゃいいのだが」

「全くだ。しかし、下手人が他にいるとすれば油断がならねェ。孫さん、引き続き町内に気をつけてくれよ」

「ああ、わかった」

孫右衛門は笑顔で応えた。暑さはさっぱり衰えを見せない。堀留町に戻るまで二人は水茶屋に寄って冷えた麦湯で喉を潤さなければ身がもたなかった。

五

下野屋のおこうが菓子折りを携《たずさ》えて堀留町の会所を訪れたのは、朝夕が少し涼しくなった頃だった。ちょうど、又兵衛がおいせにまた灸をして貰おうかと思った時だった。この間は熱くてたまらなかったが、その後、妙に身体がしゃっきりし、頭の重さも感じなくなった。熱いのはいやだが、効果は確かにあるようだ。おこうがやってきたので灸は後回しにして中に招《しょう》じ入れると、倅の疑いがようやく晴れたと言っておこうは頭を下げた。

菓子折りを差し出したおこうに、おいせは、うちの人は何んにもしておりませんのに、と恐縮していた。

「いえいえ、赤の他人のことなのに又兵衛さんと大家さんは親身に心配して下さいました。あたし、とても嬉しかったんですよ。それに本当の下手人も捕まったことですし、お礼に伺おうと考えていたんですよ」

下手人は四十を幾つか過ぎた無宿者《むしゆくもの》だった。

下谷《したや》広小路でまたぞろ幼い娘に眼をつけた時、付近を見廻りしていた土地の御用聞きにしょっ引かれたのだ。自身番で取り調べを受けると今までの事件のことを白状したという。

しかし、下手人を見掛けた者は、どうして若い男だと思ったのだろうか。それが今となっては解せない。所詮《しょせん》、人の記憶など当てにならないと思うばかりだ。下手人は夜になると稲荷《いなり》の社《やしろ》や空き店に忍び込んで寝泊まりし、日中は盛り場をうろついていた。

ふとした悪戯心で幼い娘をかどわかし、激しく泣かれたために首を絞めて殺《し》ていたのだ。殺された子供は五人に及ぶ。そのまま野放しになっていたら、さらに犠牲者は増えたはずだ。ひとまずは安心というものだった。

「それで倅は、今、どうしていなさる」

又兵衛は気になって訊いた。

「浜町堀の親分さんに、ぎゅっと油を絞られたせいで、ずい分、おとなしくなりましたよ。今まではうちの商売に見向きもしなかったんですが、職人に交じって畳を選ぶのを手伝うようになりました。いつまで続くだろうかと、うちの人と話しておりますが」

「それはいい兆候《ちょうこう》だ。早く適当な娘さんを見つけて一緒にさせたほうがいい。

倅は幾つになるんだね」

「二十三ですよ。あんな息子に嫁のなり手がありますでしょうか」

「真面目に暮らしていれば、その内、奇特な娘が現れるよ。何しろ、下野屋は大店だ」

「お前さん、奇特な娘って何んですか」

おいせは又兵衛の揚げ足を取る。

「ちょいと口が滑《すべ》った」

又兵衛は悪戯っぽい表情で頭を搔いた。

「いえいえ。世間の口に戸は閉《た》てられないと申します。何事も普段の行ないが肝《かん》腎《じん》でございますよ。それは息子もよくわかったと思います」

おいせはもぐさを手で丸めるような仕種《しぐさ》をしながら、おこうの話を聞き、深く肯いた。

「あたし、おえんちゃんが羨ましかった。家族で見世を守り立てているんですもの。うちは娘を三人片付けましたが、三人とも、さっぱり富沢町には寄りつきません。おまけに当てにならない息子がいては、お先真っ暗なのですよ。うちの人に、お前さんが死んだら、下野屋はお仕舞いかも知れないと言うと、そうだなって寂しそうに笑いましたよ」

「お内儀さん、先のことを考えても仕方がありませんよ。世の中はなるようにしかならないんですから」

おいせはおこうを慰めるように言った。

「そうですね。人のうちのことはどうしてもよく見えてしまうもので、我ながらつくづく了簡《りようけん》が狭いと思いますよ」

「天野屋のおえんさんだって、みっちょのことを考えると眠れない夜があるとおっしゃっていましたよ。逆におえんさんはお内儀さんのことが羨ましいと思っているんですよ」

おいせがそう言うと、おこうはくすりと笑った。

「あたし達、お互い、相手のことを羨んでいたということかしら。ああ、ばかばかしい」

「全く、ばかばかしい話ですよ。そのために何年もつき合いをやめていたなんざ。畳のことだって、お内儀さんがうちを使ってくれと強く言ったらよかったんだ」

又兵衛は声を荒らげた。

「お前さん、畳のことって何んですか」

おいせは怪訝な表情で訊いた。

「天野屋は見世を増築する時、下野屋を使わなかったのさ」

「あら、ひどい話。友達なのに」

おいせはむっとして吐き捨てた。

「もう済んだことですから、それはいいんですよ」

おこうは宥《なだ》めるように言う。

「よくないですよ。あたし、おえんさんに言ってやりますよ。今度から下野屋を使えってね」

「言ってやれ、言ってやれ」

又兵衛もけしかけた。おこうは苦笑いしながら、お気持ち、ありがとうございます、と礼を言った。

「この間、親戚の法事があって葛飾村《かつしかむら》まで参りました」

おこうは話題を変えるように言った。

「その家は、人里離れた野原の中にぽつんと建っているんですよ。茅葺《かやぶ》きの大きな家で、うちの人のいとこがたった一人で住んでいます。娘さんがいたのですけど、病《やまい》で亡くなっているんですよ。いとこは六十を過ぎておりますので、自分がいけなくなった後、その家をどうするか相談したかったみたいです。うちの人は何も心配しなさんな、と慰めておりましたが」

「いとこさんに、ごきょうだいはいないのですか」

おいせは茶を淹《い》れ替えながら訊いた。

「おりますけど、いとこはきょうだいの誰も信用していないのですよ。今まで、さんざん、痛い目に遭っておりますから。うちの人に託せば、家を処分したお金で永代供養《えいたいくよう》をしてくれるものと信じているのです」

「畳屋は正直者でなければ勤まらないからなあ」

又兵衛は道助の言葉を思い出して言った。

「ええ。うちの人も奉公人も、皆、正直者ですよ。そうじゃないのはあたしと息子だけかも知れません」

「そんなことはないですよ。お内儀さんだって、正直に胸の内を明かしているじゃないですか」

おいせはおこうをいなした。ありがとうございます、とおこうはまた、嬉しそうに応えた。

「年を取るのは悲しいなあと思いながら、法事が終わった後で、家の周りをうちの人と散策していましたら、野原に白い花が咲き乱れておりました。何んの花か知らなかったので、うちの人に訊きますと灸花《やいとばな》だそうでした」

おこうはおいせが傍《かたわ》らに置いたもぐさに眼を向けていた。もぐさを見て灸花を思い出したらしい。灸花は夏に山野に自生する多年生の蔓草《つるくさ》だ。筒型で内側を赤紫に染めた花をつけるのが灸の痕《あと》のように見えることから灸花と呼ばれる。

「その花を見ていると、なぜか胸が痛くなりました。心の中に灸をされたような気がしたんです。あたし、年ばかり取って、さっぱり大人じゃなかったと反省しましたよ。そうしたら、うちの人は、この花が好きかいと訊いたんで、ええと応えました。誰が見ていなくても可憐《かれん》な花を咲かせる灸花が健気に思えて。そうしたら、うちの人は、灸花は屁糞葛《へくそかずら》とも言うんだよ、と笑いました。それから何かあれば屁糞葛が好きなおなごと、からかうんです。憎らしいでしょう?」

息子のことはともかく、下野屋の夫婦仲はいいようだ。それが又兵衛とおいせには微笑《ほほえ》ましかった。

「この世の人間は誰しも所詮、屁糞葛だ」

又兵衛は真顔《まがお》で言った。おいせは、何、ばかなことを言ってるんですかと呆れた表情になった。

おこうは天野屋に寄る様子はなかったが、菓子折りは、あとふたつ用意されていた。ひとつは孫右衛門に、もうひとつは天野屋に。

道助は大喜びするだろうと又兵衛は思った。

早晩、おえんとおこうの仲も回復するに違いないと又兵衛は思った。

おこうが帰った後に灸をして貰ったが、やはり堪え切れなかった。それでも以前より我慢できていると思う。熱さと痛みを堪えていると又兵衛の脳裏に白い花がちらちらと浮かんだ。実際に眼にしたことはなかったが、その花は紛《まぎ》れもなく灸花だったのだろう。この世に生きた証など何もないような気がするが、季節になれば律儀《りちぎ》に咲く花に生きている実感を覚えることがある。花がなければこの世はずい分、味気ないものだろう。それが屁糞葛だろうが何んだろうが。花を見ることこそ生きている証なのだと、又兵衛がようやく気づいたのが、この夏の一部始終である。

とめどなくなりたるへくそかずらかな　艸蟲庵《そうちゅうあん》

高砂《たかさご》

一

耐《た》え難《がた》い夏が過ぎ、江戸がようやく秋の気配を感じるようになった頃、堀留《ほりどめ》町《ちょう》の会所《かいしょ》の管理を任されている又兵衛は風邪を引き込んでしまった。ぞくぞくするような寒気を覚え、身体《からだ》も熱っぽく感じられたが、温かくしていれば、すぐに治るものと又兵衛は思っていた。

そのまま蒲団《ふとん》に寝ていれば大事に至らなかったのだろうが、近頃、江戸市中では押し込み事件が頻繁《ひんぱん》に発生していた。名主《なぬし》を通じて町奉行所より注意を促《うなが》す触《ふれ》も届いている。又兵衛は呑気《のんき》に寝ていられず、町内の家々を廻《まわ》って、町奉行所の触を伝えた。それが風邪をこじらせ、とうとう床《とこ》に就《つ》く羽目となった。

又兵衛の連れ合いのおいせは心配して町内の町医者を呼ぼうとしたが、医者嫌いの又兵衛は、それには及ばないと制した。又兵衛は、若い頃から身体だけは丈夫だった。齢《よわい》五十六になったとは言え、風邪ぐらいで医者の世話になってたまるかという気持ちがあった。

おいせは仕方なく、又兵衛に買い置きの葛根湯《かっこんとう》を飲ませたり、卵入りのお粥《かゆ》を食べさせたりして看病したが、容態《ようだい》はさっぱりよくならなかった。大伝馬町《おおてんまちょう》で瓢簞長屋《ひょうたんながや》と呼ばれる裏店《うらだな》の大家（差配《さはい》）をしている孫右衛門が様子を見にきても、風邪がうつることを恐れて、おいせは又兵衛に会わせなかった。

孫右衛門は又兵衛の幼なじみで、今でも親しくしている友人だった。その内におせいも又兵衛の風邪がうつったのか、具合を悪くしてしまった。

会所の表戸を閉て《た》、「都合により、堀留町の会所業務を一時、休ませていただきます。お急ぎの方は日本橋本銀町《にほんばしほんしろがねちょう》一丁目の名主近藤平左様へお問い合わせ下さいませ。又兵衛」という貼り紙をして、二人は蒲団を並べて寝ていた。

「お前さん、お腹が空《す》かないかえ。お粥なら拵《こしら》えるよ」

おいせは掠《かす》れた声で又兵衛に言う。もともと、がらがら声のおいせだが、喉《のど》をやられたらしく、声を出すのも容易でなかった。

「腹など空かん」

又兵衛は気丈に応《こた》えたが、熱に浮かされた声は弱々しい。

「でも、何も食べないと、このまま二人ともお陀仏《だぶつ》になってしまう」

「それならそれでいい。おれは十分に生きた。もはや思い残すこともない」

その時の又兵衛は、以前のように町内の用事を片づけるのは無理かも知れないと思っていた。近頃は知り合いの中に又兵衛と似たような年頃で亡くなる人が多い。一年の内、祝儀《しゅうぎ》より香典《こうでん》を出す割合が高くなった。次は自分の番かと、気弱な考えも頭をもたげる。

「いやですよ。せめて還暦《かんれき》までがんばって貰《もら》わなきゃ」

「還暦までがんばったって、それが何《な》んだ。芝居役者の中村歌右衛門《なかむらうたえもん》は、還暦祝いをした途端《とたん》にお陀仏だ。つまらねェ話よ」

三代目中村歌右衛門は、この七月に亡くなっている。享年六十一。芝居町もそれにより精彩を欠いているという噂《うわさ》である。しかし、こんな時に歌右衛門を持ち出す又兵衛の気が知れないと、おいせは思ったらしい。

「ばかばかしい。芝居役者と一緒にしても始まりませんよ。あたしはお前さんと一緒にお陀仏になるなんてまっぴらですよ。こうしちゃいられない。お前さんが食べなくても、あたしは食べますよ」

おいせは自分を励ますように言うと、よろよろと起き上がった。

その時、表戸を激しく叩《たた》く音が聞こえた。

「いやだ、誰かしら。貼り紙をしているのに」

おいせはぶつぶつ文句を言いながら、寝間着の上に半纏《はんてん》を羽織《はお》り、土間口に出て行った。

「おっ母《か》さん、いるなら返事をして！」

その声は娘のおかつだった。おかつは又兵衛の先妻が産んだ娘だったが、おいせのことを子供の頃から実の母親のように慕《した》っていた。

おいせが表戸に取りつけてある通用口のさるを外すと、切羽《せっぱ》詰まった顔のおかつと、孫右衛門が立っていた。

「ああ、よかった。生きていた」

おかつはおいせの顔を見て、ほっとしたように言った。

「どうしたのよ、二人とも。ひどく慌《あわ》てちゃって。生きているに決まっているでしょう？」

おいせは怪訝《けげん》な眼を二人に向けた。

「どうしたも、こうしたもあるものですか。会所の表戸は何日も閉てたままだし、大家の小父《おじ》さんが心配して、あたしの家に知らせてくれたんですよ」

おかつの嫁《とつ》ぎ先は本所《ほんじょ》の松井町《まついちょう》にある。孫右衛門はわざわざ知らせに行ってくれたようだ。

「あたしら、ちょっと風邪を引いただけですよ」

おいせは二人を安心させるように言った。

「風邪ぐらいって、会所を閉めるなんて普通じゃないよ。それで、お父《と》っつぁんは？」

おかつはおいせを押しのけて中に入ると、又兵衛の姿を捜した。

「まだ、熱が下がらないの。奥で寝ているよ」

「お医者さんに診《み》せたの？」

「それがねえ、風邪ぐらいで医者なんて呼ぶなと言うもんだから……」

「何言ってるのよ。風邪は万病の元なのよ。小父さん、悪いけど岡田先生を呼んできて。あたしはその間に、色々、用意するから」

おかつは、てきぱきと孫右衛門に指図《さしず》した。

岡田先生とは町内にいる町医者の岡田仁庵のことだった。

「ああ、おやすい御用だ」

孫右衛門は気軽に引き受け、すぐに仁庵を呼びに行った。

おかつは又兵衛の寝ている部屋に入ると、うわッ、と声を上げた。

「すっかり老《ふ》け込んじまって……」

言いながら涙ぐむ。

「うるせェな。久しぶりに来たかと思や、老け込んだだと？　おきゃあがれ」

又兵衛は声を励まして悪態《あくたい》をつく。

「おや、口だけは元気だ。おっ母さん、この調子なら大丈夫だよ。ささ、おっ母さんも起きていれば疲れが出る。あたしに構わず、横になって」

「でも、これからお粥を拵えようかと思っていたんだよ」

「だから、それはあたしがやるって」

おかつはいらいらした声でおいせに言った。

岡田仁庵は四十五歳の町医者で、町内の人々から頼りにされていた。堀留町の会所にやってきた時は、薬籠《やくろう》を携《たずさ》えた若い弟子を伴《ともな》っていた。

仁庵は又兵衛とおいせの診察を済ませると、

「季節の変わり目は誰でも体調を崩します。特にお年寄りは気をつけなければなりません」と言った。

年寄り扱いされた又兵衛は、むっとして返事をしなかった。

「又兵衛さん、無理は禁物《きんもつ》ですぞ」

仁庵は又兵衛の気持ちを察する様子もなく続ける。

「すみません。うちのお父っつぁん、自分の年を考えない人なので」

おかつは、とり繕《つくろ》うように口を挟《はさ》んだ。

「いやいや。どこの親もそうですよ。うちの両親もその通りです。父親は古希《こき》を過ぎましたし、母親も還暦を過ぎております。二人はわたしの家の離れに住んでおりますが、どうも家内や女中が作る食事が気に入らないらしく、自分達で勝手に作って食べております。まあ、離れには水屋も備《そな》えてありますが、火の始末が心配です。最近になって、めしと汁だけは母屋《おもや》で作るものを食べるようになりましたが、時分になれば庭に七輪《しちりん》を出して魚を焼いたり、煮物を炊《た》いたりと、相変わらずです。そんなことをしなくてもいいじゃないかと言おうものなら、母親は眼を吊《つ》り上げて、何もしなかったら惚《ぼ》ける一方だ、お前はわたしに惚けてほしいのか、と憎まれ口を叩くんですよ」

仁庵は弱った表情で言った。横で若い弟子が含み笑いを洩《も》らす。のっぺりした顔の弟子だが、人柄はよさそうだ。仁庵の家の事情は、もちろん呑み込んでいる。

「気丈なお母様ですね」

おかつは感心して言う。

「はあ、母親は昔から気性の激しい質《たち》で、人の言うことなんて聞きません。わたしは男ばかり五人きょうだいの長男ですが、弟達もそれぞれ医業に就いております。医者の家に生まれたからと言って、皆々、医者にならなくてもよいと、わたしは思っておりました。特に末っ子の弟は天文学の道に入りたいと望んでいたのですが、母親が許しませんでした。人の命を救う医者こそ、この世でいっとう尊《とうと》い仕事で、星だの月だのを研究したところで人のためにはならない。岡田家は関《せき》ケ原《はら》の戦《いくさ》の頃から戦場医者として活躍した家柄、その家柄を無視して他の仕事に就くとは、もってのほか、とこうです。弟は泣く泣く好きな道を諦《あきら》めたのです。誰も母親には敵《かな》いません」

「大したものだ」

又兵衛も感心した声になった。

「でも、息子さん達にすれば、また違うのでしょうね」

おいせは仁庵の気持ちを慮《おもんぱか》る。

「おっしゃる通りですよ、お内儀《かみ》さん。幸い、下の弟も、今では医業に生きがいを感じているようなので、わたしもほっとしておりますが」

「先生。うちのお父っつぁんとおっ母さんも似たようなものですよ。深川《ふかがわ》で材木の仲買人《なかがいにん》をしていて、まずまず商売は繁昌《はんじょう》していたのに、上の兄さんに商売を渡すと、さっさと二人で堀留町の会所の仕事を引き受けたんですからね。黙って、兄さんの世話になっていればいいのに」

おかつは不満そうに言う。又兵衛は堀留町に来る前は深川の蛤町《はまぐりちょう》で「伊豆《いず》屋《や》」という屋号の材木の仲買人をしていた。

「これには色々、訳があるんだよ、おかつちゃん。それはあんたも知っているはずじゃないか」

おいせはたまらず言葉を返した。おいせは長男の嫁とうまく行きそうもないと考えて、伊豆屋を出る気になったのだ。おいせが又兵衛の正式な女房でなかったせいもある。その時、又兵衛も一緒に伊豆屋を出たのだ。

「それはそうだけど、この度《たび》のようなことがあると、あたしは心配で心配で。親は子供の眼の届くところにいてほしいと思いますよ」

おかつは低い声になった。おかつの気持ちが又兵衛とおいせには涙が出るほど嬉《うれ》しかった。

「全くですな。しかし、親は元気な内、子供の世話になりたくないと考えるもののようです。何もしなくていい、じっとしていろというのも酷《こく》なことかも知れませんが、子供の身になれば心配でたまりません。正直、わたしは見て見ない振りをしているのです」

仁庵は天井を見上げて嘆息《たんそく》した。

「先生、大先生《おお》と大奥様の好きにさせて下さい。それが一番よろしいのです。火事の心配はこちらが気をつけてやればいいのですから。今だって大先生に往診を頼みたい患者さんがたくさんいらっしゃいますし」

二十歳《はたち》そこそこの若い弟子が遠慮がちに口を挟んだ。

「桂順《けいじゅん》、他人事《ひとごと》だと思って」

仁庵は弟子を睨《にら》んだ。

「いえ、わたしは人の老いということにも興味がございます。人はどんなふうに老いて、どんなふうに死ぬのかと。すると、老いてからの時間も存外に長いと思うようになりました。その長い時間をどう過ごすのかは人によって異なります。大先生と大奥様はお身体の自由が利《き》く内は、ご自分達の流儀で暮らしたいのです。それがお二人の倖《しあわ》せでもあると思います」

「そうだ、そうだ」

又兵衛は弟子に味方して景気をつける。

「これ、お前さん、勝手なことをお言いでないよ。先生が困っていらっしゃるのに」

おいせは、そっと又兵衛を制した。

「まあ、うちの父親は今でも昔からの患者の脈を執《と》っており、わたしも父親の仕事に見合うだけのお金は渡しております。ですから、母親もわたしに小遣《こづか》いを無心することはありません。感心と言えば感心な二人なのですが」

仁庵はそれでも納得できない表情だった。

「大先生と大奥様は大層仲がよろしいですよ。いいじゃございませんか。今は好きなようにさせておけば」

孫右衛門は笑顔で口を挟んだ。

「そうですかねえ。それでは人生の先輩である大家さんと又兵衛さんのご意見に従い、今しばらくは両親の好きにさせましょう」

仁庵は渋々《しぶしぶ》、そう言うと、腰を上げた。おいせは慌《あわ》てておかつに紙入れを渡し、往診料と薬料を払わせた。

「もう、無理はできないよ、又さん」

仁庵と弟子が帰ると、孫右衛門は念を押した。

「わかっている」

「大先生はあの年になっても大奥様の言うことを何んでも、はいはいと聞いているよ。大奥様がいなかったら岡田様の家はここまで続かなかったよ」

「大奥様って、見た目はおとなしい人ですよね」

おいせは、ふと思い出して言う。息子達を無理やり自分の思い通りにするような女には見えない。

「その通りだよ。おいせさん。他人には頭を低くしている人だ。だが、亭主の大先生には言いたい放題らしい。大先生も下手に逆らわない。ま、長年、一緒に暮らしてきた夫婦だ。あれはあれでうまく行ってるんだろう」

孫右衛門は微笑《ほほえ》ましい表情で言った。

「女房の言うことを聞いてくれる亭主なんて、そうそういない。おかつちゃん、羨《うらや》ましいねえ」

おいせは台所でお粥を炊いているおかつの背中に言った。

「ほんと、羨ましいよ。うちの人なんて、あたしが何か言えば、おなごの分際《ぶんざい》で口を挟むなって怒るの」

「なに！」

それには又兵衛が腹を立てた。

「あの小間物屋、生意気な口を利きやがる。手前《てめ》ェを何様だと思っていやがる。お上の運上金《うんじょうきん》（税金）が払えず、おれに泣きついたことを忘れやがって」

又兵衛は、その時だけ具合が悪いのも忘れて声を荒らげた。

おかつの亭主の信助《しんすけ》は小間物業を営《いとな》んでおり、松井町の店の他に両国広小路《りょうごくひろこうじ》にも床見世《とこみせ》（住まいのつかない店）を出している。商売はまずまず繁昌しているが、おかつが嫁入りした頃は仕入れの金を用意するだけで精一杯だった。又兵衛は亭主よりもおかつのために援助したのだ。

「お前さん、済んだことは言わないの。おかつちゃんが可哀想《かわいそう》じゃないか」

おいせがたまりかねて助け船を出した。

「いいのよ、おっ母さん。その通りなんだから。あたしもね、伊豆屋の娘だったから、お父っつぁんの同業の人から縁談が持ち込まれていたけど、どうしてもうちの人を振り切ることができなかったのよ」

おかつは低い声で言う。信助とおかつの間には二人の娘がいる。孫娘は滅多《めった》に堀留町にやってこないが。

「おかつちゃんと信助さんは、昔から相惚《あいぼ》れの仲だったから、無理もないよ」

おいせは、そっとおかつの肩を持つ。

「おかつちゃんは偉いよ。そのお蔭《かげ》で『新倉屋《にいくらや》』も今じゃ繁昌しているし」

孫右衛門もおかつを持ち上げた。新倉屋はおかつの家の屋号だった。

「小父さん、本当にそう思ってくれる？」

おかつは嬉しそうに訊《き》く。二人の娘の母親になっても、おかつは仕種《しぐさ》も言葉遣いも娘の頃とあまり変わっていなかった。

「思っているとも。女房がしっかり家の中を束《たば》ねているから亭主は安心して仕事ができるんだよ。しかし、おかつちゃんは、どこで新倉屋の旦那と知り合ったんだい」

孫右衛門はそんなことを訊いた。伊豆屋のある深川の蛤町と本所の松井町では、結構距離がある。気軽に知り合えたとは思えなかったのだろう。

「なあに。新倉屋が松井町の家を手直しした時、おれが中に入って世話をしたのよ。ひどいあばら家だった。あれに比べたら、馬小屋のほうが、まだましというものだった」

又兵衛は小意地悪く吐き捨てた。

「ひどいことを言うのね、お父っつぁん」

おかつは、ぷんと膨《ふく》れる。

「おまけにあの男はおかつに眼をつけ、何んだかんだと伊豆屋に通ってくるようになった。早く気がついていれば追い払ってやったのによう」

又兵衛がそう言うと、孫右衛門は愉快そうに声を上げて笑った。

「信助さんは少し頑固なところがあるけど、真面目《まじめ》でいい人ですよ。どこかうちの人にも似ている。あたし、おかつちゃんの気持ちがよくわかっていた。信助さんに安心できたんですよ」

おいせは、しみじみした口調で言った。

「よせ。あんな者と一緒にするな。あいつとおれが似ているものか」

又兵衛は、むきになる。

「向こうもそう言ってるよ。おれはおかつの親父さんとは違うって怒鳴るの」

おかつは亭主を庇《かば》うように言う。

「なに、怒鳴るだと?」

「怒らない、怒らない。おかつちゃんは倖せに暮らしているんだから、それでいいじゃないですか」

おいせは又兵衛を宥《なだ》めた。

「おっ母さんはどう？　お父っつぁんと一緒にいて倖せ？」

　おかつは改まった表情で訊く。

「まあね。今さら別れても、あたしには行く所もないですからね。一緒にいるほかはありませんよ」

「でも、今はいいけど、どちらかが欠けたら、その先はどうなるのかしら。おっ母さんは、伊豆屋の兄さんの世話にはなりたくないんでしょう？」

　おかつはどちらかが欠けたらと言ったが、年齢から考えて、おいせが残されると思っているようだ。

「これ、おかつちゃん。縁起《えんぎ》でもないことは言いなさんな」

　孫右衛門はそっと制した。だが、おいせは孫右衛門に構わず話を続けた。

「りっちゃんの所には行けないよ。あたしはうちの人の正式な女房じゃないもの。りっちゃんがよくても、おゆりさんが承知しないよ」

　りっちゃんとは長男の利兵衛のことで、今は伊豆屋の主《あるじ》だ。おゆりは、その女房である。

「だからって、清《せい》ちゃんの所にも行けないし」

「当たり前だ。清兵衛は『檜屋《ひのきや》』に養子に入った男だ。おいせが世話になるなんざ、できない相談というものよ」

又兵衛は憮然《ぶぜん》として応える。清兵衛は又兵衛の次男のことで檜屋という材木問屋の主に納まっている。

「あたしのことはいいよ。その時はその時だ。何んとかなるもんですよ。独りになったら孫右衛門さんに頼んで瓢簞長屋に入れて貰うから。さあさ、つまらない話はお仕舞いにしましょうよ」

おいせはそう言って話を結んでしまった。

二

孫右衛門が帰り、おかつも晩めしの用意をして夕方には帰って行った。皆《み》んなと話をして、おいせは少し元気が出たようで、台所に立って、汁に入れる葱《ねぎ》を刻んでいた。

「なあ、おいせ。おれが先に死んだら、お前はどうするんだ？　瓢簞長屋に住むと言ったが、米沢町《よねざわちょう》には行かないつもりか？」

米沢町においせの実家がある。兄はいるが、おいせは、ほとんど実家とつき合いをしていなかった。父親が亡くなった時、遺産問題で揉《も》めたせいもある。

「米沢町になんて行くもんですか。兄さんは嫁に行ったあたしにお父っつぁんの遺産を分けたくなくて奉行所に訴えた人ですからね。誰がそんな人のいる家に世話になりますか」

「しかし、お前が死ねば、このままだと土地や貸家の権利は兄さんの子供達へ行くんだぜ」

「………」

「死んだ後のことはどうでもいいか」

「どうでもよくない。兄さんの子供になんてやりたくない。どうせなら、お前さんの子供達に残してやりたいですよ」

「このままじゃ、そうも行くまい」

吐息交じりに言った又兵衛に、おいせは返事をせず、葱を刻み続けた。

又兵衛はおいせの人別《にんべつ》（戸籍）をちゃんとして置かなかったことを、今さらながら悔《く》やんだ。

皮肉なことに、又兵衛がおいせを正式な女房としなかったのは、おいせの父親が残した遺産に理由があった。それは又兵衛が思っていた以上に額が大きかった。そのお蔭で又兵衛は金の心配をせずに今まで暮らしてこられたのだ。

自分はおいせにとって亭主同然だから、甘えても構わないが、おいせと血が繋《つな》がっていない子供達にまでおいせの遺産を遣わせようとは思わなかった。だが、ここに来て、俄《にわか》に先のことが案じられた。いや、風邪とは言え、又兵衛が病《やまい》に倒れたからこそ考える気になった問題だった。

翌日は又兵衛の熱も少し下がったようで、体調もよくなった。それでも用心のため、あと二、三日は寝ているつもりだった。

蒲団に起き上がって、粥を食べていた時、会所の表戸を叩く音がした。おいせもまだ身体が本調子ではなかったが、寝間着を脱ぎ、普段の恰好《かっこう》に着替えていた。

戸を開けると、昨日、岡田仁庵と一緒に来た弟子と、その後ろに仁庵の父親の岡田策庵《さくあん》が立っていた。

「お早《はよ》うございます。その後、お加減はいかがでしょうか。本日、仁庵先生は急患が運び込まれましたので、大先生と伺《うかが》いました」

確か桂順と呼ばれていた弟子が笑顔でそう言った。昨日は、翌日も往診するとは言っていなかったので、おいせは少し面喰らったが、追い返す訳にも行かなかった。

「まあ、大先生。わざわざお越しいただき恐縮でございます。ささ、中へ入って下さいまし。いただいたお薬が効いて、うちの人もずい分、よくなりましたよ」

おいせは如才《じょさい》なく二人を招《しょう》じ入れながら応えた。

策庵は杖《つえ》を突いていたが、いかめしい顔には威厳のようなものが感じられた。厚い唇をぐっと引き結び、どんぐりまなこで辺りを睥睨《へいげい》する。総髪にした頭は、ほとんど真っ白だった。

「ごめん」

策庵はそう言って、上がり框《かまち》の傍《そば》に杖を置き、履物を脱ぐと、又兵衛のいる部屋へ向かった。

「これはこれは大先生」

又兵衛は箱膳を脇に寄せた。

「そのまま、そのまま。食欲が出てきた様子で結構なことでござる」

策庵は鷹揚《おうよう》な口調で言った。それから腰を下ろすと、又兵衛の脈を執った。脈は安定しているようだ。

「寝間着をお脱ぎになり、こちらへ背中を向けて下され」

策庵は慣れた様子で指示する。言われた通りに背中を向けると、策庵の骨太な手が肩や脇腹に触れ、それからとんとんと指で触診した。

「はい、もう結構でござる。しっかりした身体つきをしておる。まだまだ若いのですから、養生《ようじょう》すれば長生きできますぞ」

策庵はにこりともせずにそう言うと、おいせが用意した水桶《みずおけ》で手を濯《すす》ぎ、添えてある手拭《てぬぐ》いで拭《ふ》いた。

「大先生。若いと言ったところで、手前はもう五十六ですよ」

又兵衛は苦笑交じりに言う。

「それが何んだ。還暦前から弱気になってどうする。わしはこれでも七十二でござる。わしに比べたら、又兵衛さんは小僧のようなものでござる」

「小僧ですか」

「さよう、洟《はな》たれ小僧だ」

策庵はそう言って、ほっほと笑う。傍にいた桂順は仁庵と一緒にいる時より寛《くつろ》いだ表情をしていた。

策庵は、すぐに帰るそぶりを見せたが、又兵衛は引き留めた。

「大先生、お茶の一杯ぐらい飲んでって下さいよ。こういうことでもないと、大先生とお話しすることもございませんから。それとも風邪っ引きの家に長居は無用ですか」

「わしはこの十年、風邪など引いたことはござらん。どれ、それではお言葉に甘えて一服させていただきますかな」

「そ、そうですか。これ、おいせ。羊羹《ようかん》など切って差し上げろ」

又兵衛は嬉しそうにおいせに言った。

「はて、おいせさんとおっしゃいましたか。もう亡くなりましたが、わしの先輩が米沢町で町医者をしておりましてな、その娘もおいせという名前だったと思いますが」

策庵は、ふと思い出したように言った。おいせは又兵衛と顔を見合わせた。

「大先生、あたしは富川玄白《とみかわげんぱく》の娘ですよ」

おいせは渋々という感じで応えた。

「おお、これは奇遇なこと。そうですか。あなたが玄白先生の娘さんでしたか」

「こんなお婆《ばあ》ちゃんで、娘さんだなんて気恥ずかしいですが」

「何を言う。幾つになっても娘は娘でござる。しかし、あなたは確か、どこぞの藩の寄合医師の許《もと》へ嫁いだのではござらんか。いや、早い話、わしは祝言にも出席しておるのですよ」

策庵は怪訝な表情でおいせと又兵衛を交互に見る。

「大先生、こいつは亭主に浮気されて離縁したんですよ。その後に手前と一緒になったんです」

又兵衛は助け船を出すように言った。

「それはそれは。いやなことをお訊《たず》ねして申し訳ござらん」

策庵は白髪《しらが》頭を下げて謝った。

「いえいえ。済んだことですからお気になさらずに」

おいせは、さり気なく応えた。それから到来物《とうらいもの》の羊羹を切り、策庵と桂順の前に出し、茶を淹《い》れた。

「夫婦を続けるというのも、これはこれで難しいもののようですな」

策庵はうまそうに羊羹を食べながら言った。

「でも、大先生と大奥様は大層、仲がおよろしいと聞いておりますよ」

おいせは悪戯《いたずら》っぽい表情で言う。

「わしはうちの奴と仲がよいか?」

策庵は桂順の顔を見て訊く。およろしいですよ、と桂順は応えた。

「うちの奴は、あれでも京女なんですよ。てて親は儒者《じゆしや》であったが、労咳《ろうがい》を患《わずら》い、あれが十六の時に亡くなりました。母親はあれの子供の頃に亡くなっており、しかも他にきょうだいもおらず、天涯孤独の身となってしまったのでござる。あれのてて親の最期を看取《みと》った医者が、わしのてて親でした。親戚の祝言で、たまたま向こうへ行っておりました。あれのてて親も祝言に出席していて、途中で具合を悪くしてしまったのでござる。わしのてて親は、すぐに手当しましたが、翌朝には亡くなってしまったのでござる。うちの奴は知らせを受けて、ずっと傍におりましたが、聞けば頼るべき親戚もおらず、てて親と二人暮らしだという。これからどうするのかと訊けば、何んとかなると気丈に応えたそうだ。何んとかなると言ったところで、十六の小娘に何ができる訳もござらん。わしのてて親は、それなら倅《せがれ》と一緒になる気はないかと言ったのでござる。年は二十六で、真面目だけが取り得の朴念仁《ぼくねんじん》でござるとな」

「それで大先生のお父様は大奥様を江戸にお連れしたのですね」

おいせは嬉しそうな顔で言った。

「さよう。したが、江戸の暮らしになかなかなじめず、あれも大層苦労したと思いまする。まして倅ばかり五人も生まれては、いかに医者を生業《なりわい》にしているとは言え、食べさせるだけでも容易ではなかった。年頃になれば、医学館に通わせなければなりませぬ。あれは爪に灯《ひ》をともすように蓄財に励《はげ》んだのでござる。今でもあれは贅沢《ぜいたく》をしないおなごでござる」

「よい大奥様ですこと」

おいせは感心した声になった。

「したが、あれの本心はなかなか手ごわい。こうと思ったら、一歩も引きませぬ」

五人の息子をすべて医者にするぐらいだから、手ごわいのも無理はないと、又兵衛は思った。

「この頃になって、ようやく穏《おだ》やかな暮らしができるようになりました。今が一番いい時かも知れませぬ」

策庵は遠くを見つめるような眼になって言った。

「手前も大先生と大奥様にあやかりたいものですよ」

又兵衛はお世辞《せじ》でもなく言った。

「そうそう、その心意気でござる。あなた方はまだお若い。その気になれば何んでもできるというものでござる。ああ、お内儀。薬が足りなくなった時はご遠慮なくお申しつけ下され」

策庵はそう言って、小半刻《こはんとき》（約三十分）ほど過ごすと帰って行った。

「大先生にまだ若いと言われるのも妙な気分のものですね」

おいせは策庵と弟子の使った湯呑《ゆのみ》を片づけながら苦笑交じりに言った。

「大先生から見たら、おれ達は間違いなく若いさ。大先生だって八十を過ぎた年寄りからは、まだ若いと言われるのだろう」

「どこまで行っても切りがありませんね」

「切りがつくのはお陀仏になった時だ」

「本当だ」

おいせはくすりと笑った。

「まあしかし、大先生に励まされて元気が出たよ。早く身体を治して会所の仕事をしなけりゃな」

「よかった、お前さんがそう言ってくれて」

おいせは嬉しそうな笑顔を見せた。

三

又兵衛がようやく床上げできて間もない夜半《やはん》、二人は半鐘《はんしょう》の音を聞いた。擂《すり》半鐘《ばんしょう》(続けざまに鳴らすこと)だったので、火元が近い。

又兵衛は慌てて起き上がり、土間口に下りて表戸を開けた。堀留町より北の大伝馬町辺りの空が茜《あかね》色に染まっていた。

近所の人々も呑気に寝ていられず、外へ出て様子を窺《うかが》っていた。場合によっては荷物を纏《まと》めて避難しなければならない。どうしたものかと案じている表情だった。

幸い、その夜は風もなく、大火になる恐れはないと又兵衛は思った。しかし、秋の季節は、いつ、風向きが変わるかわからない。油断は禁物だった。ほどなく、孫右衛門が荒い息をして駆けつけてきた。

「孫さん、火元はどこだ」

又兵衛は早口に訊いた。

「大伝馬町の『備後屋《びんごや》』だ」

孫右衛門は両膝に手を置き、息を調《ととの》えながら、ようやく応えた。備後屋は畳屋をしている店だった。

「どうしてまた。火の不始末だろうか」

「いや、そうじゃない。押し込みに襲われて、挙句《あげく》に、賊《ぞく》が帰りしなに火を放《はな》ったらしい」

押し込み強盗が頻繁に発生しているのは聞いていたが、まさか近くの商家が襲われるとは思ってもいなかった。

「備後屋の皆んなは無事なのか?」

「気の毒なことに旦那やお内儀さん、住み込みの奉公人が殺されたよ。無事だったのは旦那の両親と政吉という住み込みの小僧だけだ。一人娘は嫁に行っているから大事なかったが」

あまりのむごさに、又兵衛は、つかの間、言葉を失った。

「は組の連中が火を消したら、ひとまず、備後屋の親をここへ連れてくるよ。親戚の連中が来るまで預かってくれ。大伝馬町の会所は備後屋の近所の者が詰め掛けて、ごった返しているから、年寄りにはこっちのほうが落ち着くと思ってね」

「わかった」

「それから、火消し連中も何人かこっちへ回すつもりだ。腹を空かしていると思うので、にぎりめしと茶の用意を頼む」

「任せろ」

「おっつけ、うちの奴と近所の女房どもも手伝いにやってくるはずだ。おいせさん、頼んだよ」

孫右衛門はおいせにも念を押すと、足早に火事場へ戻って行った。

「おいせ、めしを炊け。ありったけ炊け！」

又兵衛は緊張した声でおいせに言った。


それから朝まで、堀留町の会所は大忙しとなった。ようやく火を止めた火消し連中がやってくると、大桶に並べたにぎりめしと、茶の入った湯呑を又兵衛達は配った。孫右衛門の女房が持ってきた古漬けの沢庵《たくわん》は、丼《どんぶり》に山盛りにして会所の板の間へ置いた。ひと仕事終えた火消し連中は、にぎりめしにかぶりつき、それを茶で喉に流し入れ、合間に沢庵をかりこりと噛《か》んだ。皆、恐ろしいほどの喰いっぷりだった。

そんな中、備後屋の老夫婦は会所の隅《すみ》でにぎりめしを持たされたまま、ぼんやりしていた。女房は近頃、惚《ぼ》けが進んでいたので、この情況がどういうことなのか、よくわかっていない様子だった。

亭主はにぎりめしを食べなさいと勧めるが、女房は、家に帰りたいよう、と憐《あわ》れな声を上げていた。さすがの強盗も年寄り夫婦には手が出せなかったと思われる。しかし、頼りにしていた息子とその嫁を失ったのでは死んだも同然だろうと又兵衛は思う。二人は岡田仁庵の両親と似たような年頃だったが、その老い方には差があった。それは仕事をしている者と、全くの隠居との差なのだろうか。又兵衛は二人を見ながら詮《せん》のないため息を洩らした。

孫右衛門の女房のお春と女房達が慰めに行っても、二人は返事もろくにしなかった。

腹ごしらえをした火消し連中が引き上げると、会所の板の間はがらんとなり、なおさら備後屋の老夫婦が寂しそうに見えた。

「備後屋さんの親戚は、なかなか現れないねえ。さぞ、心細いだろうねえ」

お春は二人の気持ちを考えて言う。

「お内儀さん、このまま誰も来なかったら、ご隠居さん達はどうなるんですか」

女房達の一人がおいせに訊く。

「まあ、後のことは大伝馬町の町役人《ちょうやくにん》にお任せすることになりますよ。備後屋さんには娘さんが一人おりまして、一時は婿《むこ》を迎えたのですけれど、うまく行かなくて、それからよそにお嫁入りしたんですよ。ですから、お祖父《じい》ちゃんとお祖母《ばあ》ちゃんの面倒まで見られるかどうか……」

おいせは低い声で言った。

「備後屋さんは百両ばかり盗《と》られたそうですって」

別の若い女房が口を挟む。

「ある所にはあるもんですねえ」

女房達は口々に言う。

「たかが百両ぽっちで人殺しまでするなんて、呆《あき》れてものが言えない。どうせなら、千代田《ちよだ》のお城のご金蔵《きんぞう》を狙《ねら》えばいいのに」

豪気に言ったおいせに、女房達はぽかんと口を開けた。

「おいせさん、そこまで言うことはないじゃないか。お上の役人に聞こえたら只《ただ》じゃ済みませんよ」

お春はさり気なく制した。

「お春さん。ごらんよ、あの二人を。あんな年になって世間に放り出されるんだ。可哀想でたまらないよ。悪態のひとつもつきたくなるよ」

「本当にねえ、たまらないねえ」

お春は、おいせの言葉にそれもそうだと思ったのか、前垂《まえだ》れで眼を拭った。

「身の振り方が決まるまで、あたしらが世話をしますよ」

おいせは怒ったように言った。


おいせの覚悟は大したものだったが、案ずるには及ばなかった。夜が明けてしばらくすると、備後屋の嫁に行った娘が眼を真っ赤にして堀留町の会所にやってきた。後ろには孫右衛門がつき添っていた。

「又兵衛さん、お内儀さん。うちのお祖父ちゃんとお祖母ちゃんがお世話になりました。うちの人とも相談して、二人を引き取らせていただくことにしました」

おみつという孫娘は震える声でそう言った。

「だけど、あんたの嫁ぎ先には舅《しゅうと》さんや姑《しゅうとめ》さんがいるんだろう？　大丈夫なのかい」

又兵衛は後のことを心配する。

「あたしは備後屋の娘です。他にきょうだいもいないのですもの、こうすることがつとめです」

「まあ、それはそうだが」

「お祖父ちゃんとお祖母ちゃんには、ずい分、可愛がって貰いました。お父っつぁんとおっ母さんには迷惑の掛け通しでしたよ。せめてこれぐらいしなきゃ、恩返しができない」

おみつはそう言うと、口許に掌《て》を当てて咽《むせ》んだ。

「さあさあ、おみっちゃん。泣いてる隙《ひま》はありませんよ。これからお取り調べもあるし、弔《とむら》いの仕度《したく》もある。手が足りない時は遠慮なくおっしゃって下さいな。あたしらは喜んでお手伝いさせていただきますよ」

おいせは事務的な口調で言った。下手に慰めるような言葉を掛ければ、おみつはへなへなになると思ったのだろう。

「ありがとうございます」

おみつは咽びながら頭を下げると、板の間の隅にいた二人のほうを向いた。

「お祖父ちゃん、お祖母ちゃん、おうちに帰りますよう。駕籠《かご》が待っていますから、仕度をして」

そう言うと、二人は、おみつが来た、おみつが来たと喜んだ。心なしか、足取りもしっかりしていた。

二人が駕籠に乗せられ、去って行くと、会所にいた者は一様に安堵《あんど》の吐息をついた。

「一件落着だね、又さん」

孫右衛門は、そんなことを言う。

「まだ一件落着はしていねェ。早く勝蔵親分の尻を引っ叩《ぱた》いて、下手人を捕まえろ。話はそれからだ」

又兵衛は怒気《どき》を孕《はら》ませた声になる。孫右衛門は肩を竦《すく》め、又さんの言う通りだよ、と応えた。勝蔵は大伝馬町界隈《かいわい》を縄張《なわばり》にする岡っ引きだった。首尾《しゅび》よく盗賊を捕まえられるかどうかは、甚《はなは》だ疑問だった。生き証人の隠居が盗賊の様子を少しでも覚えていればよいが、と又兵衛は微《かす》かな望みに賭《か》けていたが、それも心許《こころもと》ないことだった。

おみつの嫁ぎ先は備後屋と同じ畳屋だった。

「柴田屋《しばたや》」という屋号の店は横山町《よこやまちょう》にあり、細工場《さいくば》と母屋は結構広く、奉公人も多いということだった。難を逃れた備後屋の奉公人の何人かは柴田屋に移るらしいということも孫右衛門を通じて又兵衛は聞いている。

おみつの祖父は事件の後、妙にしっかりしてきて、柴田屋が用意してくれた隠居所で女房の世話をしながら店の掃除なども気軽に手伝っているらしい。居候《いそうろう》の身となれば、呑気にしていられない。何か役に立ちたいと思ってのことだろう。

町奉行所は祖父に事件当時のことも詳しく訊ねたという。それによれば、押し込みの一味は通りに面していた店の横の小路《こうじ》を抜けて勝手口の戸を大槌《おおづち》のようなもので叩き壊《こわ》し、強引に中へ押し入ったと思われる。押し込みによくある引き込み役という者はいなかったらしい。もの音に気づいた番頭が水屋に様子を見に現れると、賊の一人が迷いもなく匕首《あいくち》で刺し殺し、ついでやってきた二人の職人も同じように殺した。それから備後屋夫婦の寝所へ向かい、金を出させた後に蒲団を被《かぶ》せ、その上から大斧《おおよき》で打ち殺した模様である。おみつの祖父母がいることにも気づいていたが、おおかたの人間が想像していたように年寄りに手を掛けるのをためらい、代わりに火を放ったものと思われる。政吉は異変に気づくと、二階の部屋から思い切って地面に飛び下りたという。幸い怪我《けが》もなかった。賊が備後屋で狼藉《ろうぜき》を働いたのは小半刻にも満たない僅《わず》かな間のことだった。

その手口から奉行所は「またたび一家」と呼ばれる盗賊の一味であると目星をつけた。

一味は金を奪うためなら人殺しなど屁《へ》とも思わない恐ろしい連中だった。大槌や大斧などを所持しているのは、元は百姓か木こりであった可能性もある。恐らく前科もあると思われるので、奉行所はその素性をもとに今は行方知れずや無宿者《むしゅくもの》になっている者を当たるようだ。また、定廻《じょうまわ》り同心や隠密《おんみつ》同心は金を手にした連中が派手に散財する吉原《よしわら》や料理茶屋などにも眼を光らせていた。

しかし、事件が起きてから半月経《た》っても下手人《げしゅにん》が捕縛される気配はなかった。

又兵衛は、いったい奉行所は何をしているのかと、じりじりする気持ちで毎日を過ごしていた。そんな時に追い討ちを掛けるように、備後屋の残された地所のことで揉めているという噂が入ってきた。店は丸焼けとなり、その場所は、今は更地《さらち》となっている。おみつの祖父の弟が、備後屋を継ぐ者がいないのなら自分によこせと言っているらしい。大伝馬町の通りに面している地所なら誰でもほしがる。祖父の弟は他家に養子に入っているが、備後屋に跡継ぎとなる男子が生まれなかったので、それなら自分の子や孫に地所を譲りたいと欲を出したのだ。祖父の弟の養子先は畳屋ではなく、提灯屋《ちょうちんや》である。備後屋を継ぐというのは理屈に合わないと、誰しも思っていたが、祖父の弟は人の言うことに聞く耳を持たなかった。

「全く勝手なことばかり言って、呆れてしまいますよ。おみっちゃんのお祖父さんとお祖母さんの面倒を見るから地所をくれというならわかりますよ。でも、そうじゃないんですよ。自分は養子の身だから、兄さん夫婦の面倒は見られない、だが、地所は貰う権利がある、とこうですよ。どうすればそんな理屈になるのかしら。大工の棟梁《とうりよう》を連れてきて、下見までしているそうですって。あたし、他人事ながら腹が立って」

おいせは不愉快そうに言った。

「勝蔵親分がついているから勝手にはさせないよ」

「でも、お奉行所に訴えでもしたら、あたしと兄さんみたいに揉める恐れがありますよ。これ以上、おみっちゃんを悲しませたくありませんよ」

「そうだな。弱り目に祟《たた》り目というもんだ」

「孫右衛門さんに話をして、大伝馬町の名主さんに話を通したほうがよくないかえ」

「孫さんに言っておくよ」

「頼みましたよ。全く、近頃はろくなことが起こらない。これ以上、いやな話は聞きたくありませんよ」

おいせはおみつに同情して言ったのだろうが、又兵衛は違うことを考えていた。おいせが亡くなれば、おいせの兄や子供達が同じことを言うはずだ。長男の利兵衛はそれに対して黙っていないだろう。おいせは母親同然の人だから、おいせの遺産は自分達のものだと。

しかし、向こうは又兵衛の正式な女房ではないことを理由に自分達の意見を押し通すはずだ。それに対して、又兵衛は何も口を挟めない。黙って見ているよりほかはないのだ。

いいのかそれで。いいのかこのままで。

又兵衛は自分に問い掛けてみるが、おいせの人別をすぐに何んとかしようという決心がつかなかった。一緒に暮らすようになって時間が経ち過ぎたせいもある。この年でおいせを正式な女房にすると宣言したら、今さら、どうしたんですかと世間に嗤《わら》われるに決まっている。世間体《せけんてい》を気にする又兵衛は、やはり、そのことには及び腰だった。

四

又兵衛は岡田仁庵から貰った薬がなくなったので、おいせに言われて取りに行った。

風邪はだいぶよくなって、日常の仕事をあれこれこなすには支障がない。しかし、まだ、水洟《みずっぱな》が少し出る。おいせも喉の腫《は》れが引いていない様子だ。念のため、薬は手許に置いているほうがいいだろう。

黒板塀《くろいたべい》をめぐらした仁庵の診療所は、相変わらず、病人が大勢詰め掛けていた。大半が年寄りばかりだ。又兵衛は呼ばれるまで土間口に並べた床几《しょうぎ》に座って待った。

土間口から庭を隔てて、策庵とその妻が住む離れが見えた。濡《ぬ》れ縁《えん》の傍に沓脱石《くつぬぎいし》があり、そこに男物の庭下駄が揃《そろ》えてある。季節ごとに眼を喜ばせる花々が咲いており、老夫婦は時々、それを眺めているのだろう。

白い障子戸は閉じていたが、しばらくすると策庵の妻が障子を開けた。外出から戻ったばかりのようだ。びろうどの肩掛けを無造作に掴《つか》んで脇へ置くと、放心したような表情で座り、庭を眺めている。

　又兵衛は見るとはなしに、その様子を見ていた。そこへ策庵がやってきて、簞《たん》笥《す》の上に置いてある小抽斗《こひきだし》を開けて何か探し始めた。

　妻は策庵のほうを向き、唐突に「買《こ》うたった！」と、少し興奮した声を上げた。

　策庵の手が止まり、妻の顔をまじまじと見た。

「なに、買《か》ったとな。そうか、買ったか、買ったか。よう買った」

　策庵は褒《ほ》め上げる。妻はそれを聞いて、安心したように、ふっと笑った。何を買ったのかはわからない。だが、たったそれだけの二人のやり取りに又兵衛は、ひどく感動していた。還暦を過ぎた策庵の妻が子供のような口調で喋《しゃべ》ったのが新鮮だったのか、それに応える策庵も妻に同調していたのが微笑ましかったのか、理由は自分でもわからなかったが、夫婦の情愛が又兵衛の胸に滲《し》みていた。しみじみ、よい夫婦だとも思う。夫婦はこうあらねばならぬということを策庵夫婦から教わったような気がした。

　すると、自分の言葉も自然に頭に浮かんだ。

（おいせ。お前の人別を入れるぞ。おれ達が死んだ後に子供達が金のことで揉め

るのはいやだ。おいせ、ここはきっちり決めてくれ。どうするもこうするもお前次第だ。おれは文句を言わん）

家に帰ったら、又兵衛はそう言おうと思った。桂順に名前を呼ばれ、薬を貰っても、又兵衛の気持ちは上《うわ》の空《そら》だった。早く会所に戻っておいせに伝えたい。そればかりに気がはやっていた。

堀留町の会所に大勢の人々が集まっていた。

又兵衛の子供達、孫達、孫右衛門とその女房のお春、親しくしている近所の人々、岡っ引きの勝蔵、品川町《しながわちょう》の菓子屋「宇田川《うだがわ》」の娘のおゆきと、その息子の伝蔵、堀江町《ほりえちょう》の大工の徳次と女房のおすさ、名主の近藤平左と手代《てだい》の幹助《みきすけ》、口入れ屋「甲州屋《こうしゅうや》」の主の新三郎と女房のおみさ、船宿「天野屋《あまのや》」のお内儀のおえん、その友人の畳屋「下野屋《しもつけや》」のお内儀のおこう、そして、又兵衛の決心を固めさせた岡田策庵と妻のきよである。集まった人々は紋付羽織を着て、会所の板の間に向かい合わせに座っていた。人々の前には二の膳つきの料理が並んでいた。

秋も深まった長月《ながつき》の吉日《きちじつ》に又兵衛は晴れておいせと夫婦になった。近くの神社でお参りをした後、二人が世話になった人々を招いてお祝いをすることになったのだ。

又兵衛とおいせは今さら恥ずかしいので、その必要はないと思っていたが、孫右衛門がけじめだと言って譲らなかった。二人は渋々、孫右衛門に従ったのである。

集まった人々の中には又兵衛とおいせが正式の夫婦でなかったことを知らない者もいて、ひどく驚いている様子だった。

米沢町のおいせの実家にも案内状を出したが、おいせの兄は出席しなかった。

又兵衛はおいせを今まで女房としなかったのは、ひとえに自分の不甲斐《ふがい》なさだと、まず、おいせに謝った後で、男としてけじめをつけ、これからは心機一転、ますます町内の御用に精進《しょうじん》するつもりだと簡単に挨拶《あいさつ》した。

その後に名主の近藤平左が来賓《らいひん》代表で挨拶したが、やけに長くて皆《み》んなは閉口した。

ようやく挨拶が終わった後で、岡田策庵が祝言の恒例の「高砂《たかさご》」を謡《うた》い始めた。最初の調子がやけに高くて、横にいたきよが、すかさず窘《たしな》めるように策庵の二の腕をぱしっと叩き、客達の笑いを誘った。

策庵は咳払《せきばら》いをして、もう一度やり直した。

高砂や　この浦舟に帆を上げて
この浦舟に帆を上げて
月もろともに出汐《いでしお》の
波の淡路《あわじ》の島影や
遠く鳴尾《なるお》の沖過ぎて
はや　住《すみ》の江《え》に着きにけり
はや　住の江に着きにけり

四海《しかい》波静かにて　国も治まる時つ風
枝を鳴らさぬ御代《みよ》なれや
逢ひに相生《あいおい》の松こそ　めでたかりけれ
げにや仰《あお》ぎても　ことも愚かやかかる世に
住める民《たみ》とて豊かなる
君の恵みぞ　ありがたき

君の恵みぞ　ありがたき

次第に調子を上げて行く策庵の声が朗々と会所の外にまで流れる。高砂の二番目の節《ふし》を聞いたのは、又兵衛にとって初めてだったかも知れない。二番目の節が本当は先なのだが、その内容が畏《おそ》れ多いので、「高砂や」で始まるものから謡われるようになったと、後で策庵が話していた。君の恵みぞありがたき、の君は時の君主を指しているのだが、又兵衛にはおいせのことのように思えてならなかった。

おいせも感激して何度も眼を拭《ぬぐ》っていた。

おいせを人別に入れたからと言って、翌日から格別の変化がある訳ではない。しかし、又兵衛は妙に気持ちがすっきりした。たとえは悪いが先祖の墓参りを済ませた後のように、清々《すがすが》しかった。

おいせは遺言のようなものを書いた。自分の死んだ後に又兵衛の子供達が揉めないように、誰に何を残すか考えて書いたらしい。

おいせはそれを又兵衛に見せるのを拒《こば》んだ。

お前さんはいいでしょうが、と取りつく島もなかった。知らなくてもいいと又兵衛は後で思ったものだ。知らないほうが倖せかも知れない。財産なんて、どうせあの世にまで持って行ける訳じゃなし、子供達が有意義な遣い方をしてくれたらそれでいい。

その日、祝宴はかなり遅くまで続いた。嬉しそうに祝い酒に酔い、料理を堪能するあの顔、この顔を見ている内、縁があって知り合った人々こそ、自分の財産だと又兵衛には心底思えた。

本当の財産は、又兵衛に何ひとつ残っていなかった。

「又さん、おめでとう」

孫右衛門が機嫌のよい顔で銚子《ちようし》の酒を勧める。

「孫さん、長生きしようぜ」

又兵衛は力んだ声で言った。孫右衛門は、つかの間、面喰らったような表情になったが、ああ、一緒に長生きしよう、と応えた。

又兵衛はそれを聞いて、ひどく嬉しかった。

備後屋を襲った盗賊の手懸かりはまだついていない。地所を巡る問題も解決していない。

又兵衛と孫右衛門の仕事はこれからも続く。

解説——宇江佐《うえざ》作品は人生の喜怒哀楽《きどあいらく》の宝庫である

文芸評論家　細谷正充《ほそやまさみつ》

宇江佐真理《うえざまり》の作家活動の期間は、ほぼ二十年である。けして長くはない。しかし膨大《ぼうだい》な作品を残してくれた。仕事をした出版社も多様であり、その中に祥伝社もある。同社から出た作品は四冊。刊行順に並べてみよう。

『おぅねぇすてぃ』二〇〇一年十一月刊。
『十日《とおか》えびす 花嵐浮世困話《はなにあらしよのなかこんなもの》』二〇〇七年三月刊。
『ほら吹き茂平《もへい》 なくて七癖《ななくせ》あって四十八癖《しじゅうはっくせ》』二〇一〇年九月刊。
『高砂《たかさご》 なくて七癖あって四十八癖』二〇一三年九月刊。

以上である。簡単に内容を説明すると、『おぅねぇすてぃ』は、明治《めいじ》初期の函《はこ》館《だて》・横浜《よこはま》・東京を舞台に、再会した幼馴染《おさななじみ》の男女が真実の恋を貫《つらぬ》く波乱のドラマだ。なお同書の単行本の表紙には〝明治浪漫《ろまん》〟という言葉がサブタイトル風に添《そ》えられている。そのため『おぅねぇすてぃ　明治浪漫』というタイトル表記を見かけることがある。だが奥付は『おぅねぇすてぃ』なので、これに従った。

続く『十日えびす　花嵐浮世困話』は、小間物屋を始めた血の繋《つな》がらない母娘の日々を描いた連作集。『ほら吹き茂平　なくて七癖あって四十八癖』は、江戸の市井《しせい》に生きる人々を見つめた短篇集。『高砂　なくて七癖あって四十八癖』は、江戸の会所《かいしょ》の管理人夫婦が、さまざまな夫婦の揉《も》め事《ごと》にかかわる連作集だ。『十日えびす』以降、連作集や短篇集による、江戸の市井譚《たん》となっている。出版社ごとに作品の特色を出すことはよくあり、祥伝社の場合は、作者が得意とする江戸の市井譚としたのだろう。

ただし、ちょっと留意すべき点がある。一冊ごとに独立した内容になっており、シリーズにしていないのだ。『ほら吹き茂平』と『高砂』には、作品世界の繋がりはない。ではなぜ、違う作品に同じサブタイトルを付けたのか。おそらく広い意味で、物語のテイストが共通しているからだ。そのテイストとは、江戸の片隅で生きる人々の哀歓《あいかん》だ。さいわいにも祥伝社の四冊が、あらためて新装版として文庫で刊行中なので、本書を気に入った読者は、他の本も手にしてほしい。

総体としての宇江佐作品の世界を堪能《たんのう》することができるだろう。

いささか筆が先走った。話を本書に戻そう。収録されているのは、「小説NON」二〇一一年十一月号から一三年二月号にかけて発表された短篇六作だ。冒頭の「夫婦茶碗《めおとぢゃわん》」は、まず会所の説明から始まる。詳しいことは本文を参照していただきたい。主人公の又兵衛《またべえ》とおいせは、日本橋堀留町《にほんばしほりどめちょう》の会所で、十年前から働いている。又兵衛は以前、深川《ふかがわ》で材木の仲買人《なかがいにん》をしていたが、長男に商売を譲《ゆず》って隠居。連れ合いのおいせと共に家を出て、堀留町にやって来た。管理人を引き受ける話は、又兵衛の幼馴染の孫右衛門《まごえもん》が持ってきたもの。最初は尻込みしていたが、おいせに後押しされて引き受けた。小心者だが行動力のある又兵衛。以後、町の人々のために奔走《ほんそう》している。

という基本設定の他に、又兵衛とおいせの抱《かか》える事情も明らかになる。いろいろあって仲買人時代に三度の離婚を又兵衛はしていた。幼い子供たちを抱えて困っていたところ、やはり離婚をしたいとこのおいせが、子供の面倒を見るようになり、そのままいつの間にか夫婦になったのである。ただし訳あって、人別《にんべつ》においせの名前は入れていない。つまり内縁関係なのである。

とはいえ内実を知らない町の人々からすれば、又兵衛とおいせは、頼りになる会所の夫婦だ。最初の話で彼らが助けるのは、酒乱の亭主・義助《ぎすけ》から暴力を受けている女房のおなかである。危険を感じるようになり、又兵衛の勧《すす》めで、子供と一緒に会所に泊まり始めたおなか。しかし泥酔《でいすい》した義助が、おなかを追ってくる。そこで酒に溺《おぼ》れ荒れる原因を調べ始めた又兵衛は、義助の仕事先に原因があると知り、なんとかしようとするのだ。キャラクター説明のためだと思った、又兵衛の離婚話が、義助とおなかの夫婦関係を修復するための説得材料になるなど、作者の手腕が遺憾《いかん》なく発揮されたストーリーになっている。連作として上々の滑《すべ》り出しだ。

続く「ぼたん雪《ゆき》」は、孫右衛門の女房のお春《はる》と、おいせのお喋《しゃべ》りが発端《ほったん》となる。大工の娘だが幕府の御書院番《ごしょいんばん》・横瀬左金吾《よこせさきんご》に嫁《とつ》いだ、おつるの話題が出たのだ。お春の話によると、おつるは嫁家《こんか》と上手《うま》くいってないらしい。身分の違いが原因だと思った又兵衛だが、道端《みちばた》で出会ったおつるが倒れ、その世話をしたことを切っかけに、意外な事情が明らかになる。

その事情を知った又兵衛はどうにかしようと、孫右衛門と共に横瀬家に突撃する。小心者の又兵衛は、一人で乗り込むことができなかったのだ。このあたりの又兵衛の、人間臭い行動が愉快である。

また、おいせに対して横柄《おうへい》なように見えることもあるが、「財布はおいせが握っていて、又兵衛は、ほんの小遣《こづか》い程度しか持たされていないのだ」と書かれているように、女房の方がしたたかな面を持っている。江戸時代なので、亭主を立てることが多いが、二人の関係は対等。ちょっとした喧嘩《けんか》もするが、相性抜群の夫婦なのだ。各話のメインのエピソードだけでなく、さまざまな描写から伝わってくる又兵衛とおいせの夫婦愛も、本書の読みどころになっているのである。

以後、「どんつく」は、寄場《よせば》帰りであることから、妻子の元に戻らない男を、又兵衛たちがなんとかしようとする。ストーリーは切《せつ》ないが、彼らが幸福になる可能性を感じさせるラストに救われる。「女丈夫《じょじょうふ》」は、商家の女房に文句ばかりいわれている入り婿《むこ》が、耐えかねて家を出る。この件で商家に乗り込むのが、おいせとお春だ。入り婿に同情する、又兵衛と孫右衛門。商家の女房から本音を引っ張り出す、おいせとお春。作者は、夫婦のどちらが悪いのか決めつけることなく、物語を気持ちよく着地させる。実に楽しい作品なのだ。

さて、ここまでは夫婦のドラマだが、「灸花《やいとばな》」は、いささか趣《おもむき》が違っている。江戸を騒がせる凶悪な事件が起こり、船宿《ふなやど》の次男坊の道助《みちすけ》が犯人と噂《うわさ》されるようになったのだ。道助は十七歳だが、五、六歳の知恵しか持ち合わせていない。だが素直な性格で、家族や町の人から可愛《かわい》がられていた。それだけに又兵衛たちも立ち上がる。しかし噂の発生源を調べると、道助の母親・おえんの幼馴染で、畳《たたみ》屋の内儀《ないぎ》のおこうに行き着くのだった。

宇江佐作品の人気の理由のひとつとして、時代小説でありながら、現代と通じ合う部分が多いことが挙げられる。この話は、それが顕著《けんちょ》だ。なにしろ扱っている題材が、相手を下に見て溜飲《りゅういん》を下げる――今でいうところの〝マウント〟なのだ。貧しかったおえんを、見下し続けていたおこう。しかし、船宿が軌道に乗ってからは、寄り付かなくなった。そしてついに、許されない噂を流したらしいのだ。

やがて又兵衛の行動やおいせの慧眼《けいがん》により、二人の女の真実が明らかになる。先に、夫婦のどちらが悪いか決めつけないと書いたが、本作の二人の女性の関係も同様なのだ。それを踏まえた展開に、作者の人間に対する温かな眼差《まなざ》しを感じるのである。

なお作者のデビュー短篇「幻《まぼろし》の声《こえ》」から始まる「髪結《かみゆ》い伊三次《いさじ》捕物余話《とりものよわ》」シリーズは、タイトルから分かるように捕物帖《ちょう》だ。その他にも捕物帖や、捕物帖のテイストを取り入れた作品は多い。その意味でも、作者らしい作品といえるのだ。

掉尾《とうび》を飾る「高砂《たかさご》」は、又兵衛とおいせが風邪《かぜ》で寝込み、町医者の岡田仁庵《おかだじんあん》と父親の策庵《さくあん》の診察を受ける。とりあえず元気になった又兵衛だが、悲劇に見舞《みま》われた夫婦を世話したり、策庵夫婦のやり取りを覗《のぞ》き見て、自分とおいせの関係を、あらためて考えるのだった。

主人公夫婦が新たな段階に進む、連作の締《し》めくくりに相応《ふさわ》しい好篇である。読みどころは多いが、特に感心したのが、策庵夫婦のエピソードだ。たまたま又兵衛が覗いた夫婦のやり取りは断片的であり、実際のところはよく分からない。しかし又兵衛は、そこに夫婦の歳月《さいげつ》と絆《きずな》を見るのだ。

いささか変な例《たと》えになるが、私はこの場面で、テレビ時代劇の『水戸黄門《みとこうもん》』を想起した。子供の頃、夕方の再放送で『水戸黄門』をよく視聴していたが、ほとんどワンパターンのドラマだと感じていた。それを見て毎回のように泣く祖母が、不思議でならなかった。しかし年を取って、ようやく理解できた。ありきたりなドラマの中に祖母は、いままでの自分の体験を重ね合わせ、心を震わせていたのだろう。歳月を経たからこそ、感得できることがある。そう、又兵衛が策庵夫婦のやり取りを見て、夫婦っていいなと思ったように。

宇江佐作品には、このように人生の喜怒哀楽《きどあいらく》を知る人の琴線《きんせん》に触れる場面やストーリーがたくさんある。そこが、たまらない魅力になっているのだ。しかもその魅力が、色褪《あ》せることはない。だから新装版として新たに刊行された祥伝社文庫の四冊と、さらには他の作品群も、時代を超えて読み継がれていくはずだ。

作者にとっても読者にとっても、とても幸せなことである。

本書は二〇一六年四月、小社より文庫判で刊行されたものの新装版です。

一〇〇字書評

切り取り線

高砂

購買動機（新聞、雑誌名を記入するか、あるいは○をつけてください）	
□（　　　　　　　　　　　　）	の広告を見て
□（　　　　　　　　　　　　）	の書評を見て
□ 知人のすすめで	□ タイトルに惹かれて
□ カバーが良かったから	□ 内容が面白そうだから
□ 好きな作家だから	□ 好きな分野の本だから

・最近、最も感銘を受けた作品名をお書き下さい

・あなたのお好きな作家名をお書き下さい

・その他、ご要望がありましたらお書き下さい

住所	〒				
氏名		職業		年齢	
Eメール	※携帯には配信できません		新刊情報等のメール配信を 希望する・しない		

この本の感想を、編集部までお寄せいただけたらありがたく存じます。今後の企画の参考にさせていただきます。Eメールでも結構です。

いただいた「一〇〇字書評」は、新聞・雑誌等に紹介させていただくことがあります。その場合はお礼として特製図書カードを差し上げます。

前ページの原稿用紙に書評をお書きの上、切り取り、左記までお送り下さい。宛先の住所は不要です。

なお、ご記入いただいたお名前、ご住所等は、書評紹介の事前了解、謝礼のお届けのためだけに利用し、そのほかの目的のために利用することはありません。

〒一〇一－八七〇一
祥伝社文庫編集長　清水寿明
電話　〇三（三二六五）二〇八〇

祥伝社ホームページの「ブックレビュー」からも、書き込めます。
www.shodensha.co.jp/bookreview

祥伝社文庫

高砂《たかさご》 なくて七癖《ななくせ》あって四十八癖《しじゆうはつくせ》 新装版

令和 5 年 3 月 20 日　初版第 1 刷発行

著　者　宇江佐真理《うえざまり》

発行者　辻　浩明

発行所　祥伝社《しょうでんしゃ》

東京都千代田区神田神保町 3-3
〒 101-8701
電話　03（3265）2081（販売部）
電話　03（3265）2080（編集部）
電話　03（3265）3622（業務部）
www.shodensha.co.jp

印刷所　図書印刷
製本所　積信堂
カバーフォーマットデザイン　中原達治

Printed in Japan ©2023, Kohei Ito　ISBN978-4-396-34877-9 C0193